グラン&グルメ

～器用貧乏な転生勇者が始める辺境スローライフ～

2

えりまし圭多

illustration 榊原瑞紀

第一章

二つ名付きの冒険者達

003

閑話❶

アンダーグラウンドな活動家達

223

閑話❷

森の番人のおしごと

229

閑話❸

スライムという生き物

237

第二章

転生開花というギフト

257

キャラクター紹介

311

第一章

二つ名付きの冒険者達

「え？　マジで一緒に来るの？　ポーションを納品するだけだよ？」

「うん、グランの取引先見てみたいしー？」

今日は週に一度のパッセロ商店にポーションを納品する日だ。それについてくると、突然アベルが言い出したのだ。

えー……、お前みたいなイケメンをアリシアに会わせたくないのだけれど!?

まぁ、そんな事を本人に言えるわけもないし、体よく断る理由も思いつかないので、朝食を済ませた後一緒にパッセロ商店に行く事になった。

◆◆◆

転移魔法でぴょーんってして一瞬で、うちからピエモンまで到着するので、転移魔法マジチート。ぴょーん。

「おはよう、今週分持ってきたよ」

まだ開店していないパッセロ商店に入ると、中ではアリシアとキルシェがいそいそと開店準備をしていた。

「あ、グランさん！　おはようございます！」

「グランさん、おはようございます。今週もありがとうございます、えっとそちらはー？」

「同居人がどうしてもついてくるって聞かなくて、冒険者仲間のアベルだ。アベル、ここがお世話になってるパッセロ商店で、お姉さんの方がアリシアで妹の方がキルシェだ」

さらりとアベルをパッセロ商店の姉妹に紹介した。

「魔導士のアベルだ、よろしく。実は以前に一度立ち寄った事があるのだけど、いい買い物をさせてもらったよ。これからもよろしく」

俺から見ると胡散くさい笑顔にしか見えないのだが、ぱっと見キラキラのイケメンスマイルを、アベルがアリシアとキルシェに向けた。

ん？　以前に一度立ち寄った事ある？　いい買い物？　何を買ったんだ？

疑問に思っていると、アベルが無言で黒い笑みをこちらに向けた。

何なんだよ!?

「あー、覚えてます覚えてますー、ポーションお買い上げになった方!!　あれグランさんから仕入れた物なんですよー」

キルシェが思い出したように、ぽんっと手を叩いて言った。

は？　ポーション？

「なるほどーグラン作かー、お値段以上の高い効果のポーションでよい買い物だったよ」

ニッコリとするアベルの笑みがめちゃくちゃ黒い。

こいつ、俺より精度の高い鑑定持ちだし、絶対わかっていて買っただろ!!

ん？　……鑑定？

そうだ、アベルは俺より精度の高い鑑定ができる。

そして、アベルのユニークスキル〝究理眼〟は〝生きている者〟も鑑定できる。

「なぁアベル、ちょっとお願いあんだけど？　ってキルシェとアリシアが了承してくれたらだけど」

「ん？　何？」

「アベルは病気の鑑定ってできる？」

「んー？　できない事はないけれど、医学の心得はほとんどないから、鑑定しても大雑把な事しかわからないよ。どうかしたの？」

「キルシェとアリシアのお父さんが、原因がわからない病で伏せってるらしいんだ」

アベルならもしかしたら、その原因がわかるかもしれない。

病は魔法やポーションでは治せないが、原因がわかれば医者が対応できるかもしれない。

「ああー……、そういう事なら見てみようか？」

アベルは一瞬考える素振りを見せたが、すぐに了承してくれた。

「アベルの鑑定スキルは生きてる者でも見られるんだ。キルシェとアリシアさえよければ、アベルに〝見て〟もらうと、お父さんの体調不良の原因がわかるかもしれないけど、どうする？」

「ええ？　見ていただけるならお願いしたいのですが、よろしいのですか？」

「うん、いいよ。グランが色々とお世話になっているみたいだしね」

「どちらかというと、僕達の方がお世話になってる気がしますが……。ちょっと、かーちゃんに確認してきます！」

キルシェがパタパタと、店の奥の自宅へと走っていった。

「でも、いいのですか？　命ある者を鑑定できるスキルなんて稀少ですよね？　そんなスキルを、ほぼ初対面の私達に使っていただいてもよろしいのでしょうか？」

生きている者まで鑑定できるスキルを持つ者はかなり少ない。

そういう者のほとんどは、公の機関や神殿に囲われており、そこに依頼すると、かなり高額の鑑定料を請求される。

「うん、まぁグランの頼みだしね？　それにグランと仲良くしてもらっているみたいだし？　鑑定の手間賃はグランにツケとくから気にしないで」

サラッと俺のツケにされたが、もとより俺の方で払うつもりだった。

「いえ、対価はちゃんとお支払いします。私達も商人ですので、何もお支払いしないとなると、商人としての矜持にも関わりますので」

「そう？　じゃあ、そうだね、お金はいらないから、これからもグランと取引をしてもらえるかな？　グランは商売の事は疎いから、商人や生産者としての常識や物の価値を教えてやってもらえないかな。俺は君達のためにスキルを使う、君達は君達の知識で返す、というのは対価として十分アリじゃないかい？」

アベルがまたニッコリと胡散くさい笑顔を浮かべた。

まるで俺が物の価値に疎い非常識人みたいな言い方だな、おい？

「なるほど、そういうことですね。わかりました、そういうことならお任せください。ピエモンでのグランさんとの取引は、パッセロ商店が責任を持って行わせていただきます」

え？　アリシアなんでそこで納得しているの!?

しばらくしてキルシェが戻ってきたので、それと入れ替わりにアリシアとアベルがパッセロさんの元へと向かった。

病人の部屋に、あまり大人数で押し掛けるのは悪いと思い、俺は店舗に残って開店準備を手伝うことにした。

鑑定するのはアベルだから、俺がついていってもやることないしな。

開店準備も終わり、さあ開店の時間だって頃に、アベルとアリシアが非常に厳しい表情で戻ってきた。

「キルシェ、ちょっとお店は一旦閉めといてもらっていいかしら？」

「うん、どうしたの？　とーちゃんそんなに悪かったの？」

硬い表情のアリシアにキルシェが不安そうな顔になった。

店のドアに『準備中』のプレートを掛け、カウンターの前に椅子を並べて腰を下ろした。

「結果から言うと、パッセロさんはもう大丈夫だよ。グランのインチキ毒消しポーションで一発だった」

インチキ毒消しポーションってなんだよ⁉　っていうか毒消しポーション⁉　今、毒消しポーションって言ったよな？

「毒消しポーションって事は、原因は毒だったのか？」

「ああ、弱い蓄積型の毒だね。ただ結構長い期間体に毒が入っていたから、毒は抜けても体力と毒で傷ついた体が回復するのはちょっと時間がかかるかな。毒で受けた内臓のダメージもあるしね。そっちは安静にしとくしかない。奥さんにも言ったけど、体力がかなり衰えているから回復魔法は逆効果だ。ポーションも使いすぎると魔力酔いで逆効果になるから、あまり使わない方がいいね」

回復魔法もポーションも、対象者の体力がある程度残っている事が前提だ。魔法やポーションの魔力に、体が耐えられないからだ。

「ええ!?　とーちゃんの病気の原因は、毒だったのですか?」

　キルシェが驚いて声を上げた。

「うん。弱い毒だけどね。一回口にしたくらいだと、ちょっと体調不良に感じるくらいの毒だね。それが積み重なった感じ?　おそらく、弱い毒性のある物を何度も口にしたのかな。弱いって言っても継続して体に入れると、蓄積されて慢性的に毒に犯された状態になって、どんどん体力を奪われるからね」

「何の毒かまでわかるか?」

「グラスグラスって毒」

　アベルの答えに思わず額に手を当てた。

「あー……」

「グラン、何か心当たりあるの?」

「うん。グラスグラスはヒーリングハイポーションやリフレッシュハイポーションの材料にもなるんだけど、ポーション以外にも滋養強壮や胃薬にも使われる薬草だ。薬草だけど毒性もあって、調合後もその毒性は残る事もある。効果は高いけど毒性もあるから継続して服用してると毒が体に蓄積する。蓄積型だから少量なら問題ない。副作用の毒性も最初はそんなに症状が出ないからすぐには気付きにくい。長期間にわたっての服用はダメなタイプの薬草だね。パッセロさん、胃薬とか強壮剤とかよく飲んでた?　もしくは体力回復系のポーション常用してたりした?」

薬と毒は紙一重である。使い方によって薬は毒になり、毒は薬になる。

「そうですねぇ、父は体調を崩す前までは、休む間もなく働いてましたしね。体調を崩したのは、ちょうど薬師のお婆さんがお店をやめて、ポーションの取引先を探すためにあちこち商談に飛び回っていた頃ですね。たぶん使っていたと思います」

その忙しかった時期に、グラスグラスを素材にしたリフレッシュポーションや、強壮薬を頻繁に服用していた可能性がある。

「毒の感じからして、ごく最近まで時々摂取していた感じだったよ。それに弱い毒だから、ずっと摂取しなかったら、時間はかかっても自然回復するしね。最近も薬とかポーションを使ってた？」

「ええ、飲んでいたと思います」

アベルの言葉をアリシアが肯定した。

「そうするとそのポーションか薬に、グラスグラスが使われていたのかもしれないな」

自分でそう言って、何となく違和感を覚えた。

「そのポーションと薬は残ってる？」

「ええ、薬は残っていると思います。ポーションは、最近は具合が悪すぎて使ってませんでした。使ってたとしても、最近はグランさんが売ってくれている物を使っていたので、以前使ってたのは残ってないですね」

俺のポーションにはグラスグラスは使っていないので、残る可能性は薬かな。

「ちょっと、薬を取ってきますね」

アリシアがパタパタと自宅の方へと走っていった。

その後ろ姿を見送りながら、やはり違和感を抱く。

「グラン」

「ああ」

アベルも同じことを感じたのだろう。

「なぁ、キルシェ。キルシェも鑑定スキルを持っているよな？」

「はい、あまり精度は高くないですが」

「薬とかポーション買う時、まずどうする？」

「鑑定しますね……あ！」

俺の質問に答えたキルシェが、パッと顔を上げた。

「パッセロさんは、自分の店持ってるくらいだから、鑑定スキルは相当高いよなぁ？」

「はい」

「じゃあ、何で毒に気付かなかったんだ？」

「それは……」

鑑定スキルが高ければ、副作用の毒性も知ることができる。

「そんな人が副作用ある薬を選ぶかなぁ」

起き上がるのが困難なほどに体調を崩した後なら、鑑定の精度が下がって副作用が見抜けないのはわかる。

だが、そうなる前の健康な時期に、継続的に使用しなければ大丈夫とはいえ、副作用のある薬やポーションを服用するだろうか。

わざわざ副作用のある薬やポーションを使わなくても、商人なら他の副作用のない物を手に入れることは難しくないはずだ。

しかも、これからポーションを取り扱おうって人が、多少安いとはいえ副作用のあるポーションをわざわざ選んで使うとは少し考えにくい。


「お待たせしました、この薬ですが……」

戻って来たアリシアから、紙に包まれた粒剤を受け取った。

「鑑定してみた？」

アリシアが薬を差し出しながら、言葉を濁したので察した。

「ええ」

「結果、薬に副作用はなかった？」

「はい」

鑑定しなくてもそんな気がしていた。

念のため自分でも鑑定してみるが、グラスグラスとは違う素材から作られた強壮剤だった。

「じゃあ、いったい何に毒が」

「そうなると、一番疑わしいのは食事だけどね」

言いにくい事をサラッとアベルが口にする。ホント、コイツ意地が悪い。

パッセロさんが床に伏せるようになった後も、毒を摂取しているのに、他の家族は毒を摂取している様子が全くない。

つまりパッセロさんだけが口にしている物の何かに、グラスグラスが使われている。

「かーちゃんに限ってそんなことは……!!」

当然のようにキルシェが反発したので、すぐに助け船を出した。

「グラスグラスに副作用がある薬草だという事は、調合に携わる者なら知っていて当たり前なくらい有名だ。副作用が出ないように加工するのも手間がかかるので、多少安くてもあまり人気はない。他に代用できる薬草はいっぱいあるしね。そんな不人気の薬草を取り扱ってる店なんて、大きな町にでも行かないとないだろ？　そしてこの薬草は、湿気の多い場所に生えている植物だ。ピエモンの町の周辺は日当たりが良くてグラスグラスは生えてない。ここら辺で生えているとしたら森の中だな。となると奥さんが自力でグラスグラスを採りに行くのはほぼ不可能だ。冒険者ギルドに依頼すれば手に入るだろうけど、依頼を出したら記録が残るからな。身内に盛る毒を近所のギルドに採取依頼を出すのは、リスクが大きすぎるだろ？　それに、そこは調べればすぐわかる。あとはバザーの時の露店くらいかな。でもそれだと、長期間継続して入手するのは難しいと思う。つまり、奥さんがグラスグラスを手に入れるのは、ちょっと難しいかなって俺は思うんだ」

「さっすがグラン、物知りだなー」

白々しい男だなホント。

「じゃあ、誰が……」

奥さんのマリンさんが毒を継続的に盛るのはほぼ不可能な理由を告げると、キルシェは少しホッとした顔になったが、犯人の目星が付いたわけではない。

「パッセロさんが伏せるようになって、口にしてたものは奥さんの作った食事だけ？」

「仲の良い得意先の方や友人の方で、父のために食べやすい食品をお見舞いに持ってこられる方も、何人かいらっしゃいますね」

アリシアの答えに、俺は少し意地の悪い返しをした。

「鑑定持ちが鑑定をしないで、食べ物や薬を口にするのはどういう時だ？」

「「…………」」

アリシアとキルシェが、ぎゅっと唇を噛んだ。

「鑑定しなくていいくらい信頼してる人ですか……」

キルシェが絞り出すように呟いた。

「じゃあ、その見舞いで貰ったものって残ってる？」

「それが食べ物は日持ちのしないものばかりで、残ってないんですよ」

アリシアから予想通りの答えが返ってきた。まぁ、病人がすぐ食べる事ができて、証拠が残らないような物を差し入れるなら、そうなるよなぁ。

最初にグラスグラスを口にした時は、おそらく鑑定をする必要がないくらい信頼している相手が出したものか、鑑定ができない状況だった時だろう。それに、酒の席で酔っている時に摂取した――などとなると、酒と合わせて効果も高くなる。

グラスグラスの毒性は、少し摂取したくらいではわかりづらい。目に見えて重症化するという事は、複数回摂取しているという事だ。

つまり、頻繁に交流があった相手から飲まされていた可能性が高い。そして、その人物はパッセロさんが伏せった後も、見舞いに来るくらいに親しい。

それが故意なのか偶然なのか、善意なのか悪意なのかは、パッセロさんの交友関係を知らない俺には判断できない。

グラスグラスは、一般的には強壮剤や胃薬の素材の薬草という扱いだ。薬師でなければ、毒性を知らない可能性を否定できない。

「まぁ、さっきグランも言ったけど、市場にあまり出てない薬草を継続して手に入れられる人って限られてるよね～」

アベルがとーっても黒い笑顔を浮かべた。

犯人を特定するかどうするか、そしてその後どうするかは、俺が口を出す事ではない。

ピエモンはそう大きな町ではない、地元の住民のほとんどが顔見知りでもおかしくないのが田舎の町だ。

パッセロ商店は、そんな町でそこに住む人を相手に商売をしている商店だ。

この先の事は、このパッセロ商店の人達の判断に任せるべきだ。と、俺は思う。

だけど、この町に来て最初に仲良くなった彼女達とその家族が、平穏に暮らせる手助けくらいはしたいと思っている。

「グラスグラスは、毒草でもあるが、副作用がある薬草だ。貧しい地域だと、稀(まれ)に山菜感覚で食べる事もある。少量なら副作用もほとんどない強壮効果だから、毒性を知らずに疲れている人、病気の人に親切心でこの薬草の入った料理を振る舞ってもおかしくない。また、そう言い張ることもできる」

それをわかっていて、この薬草を選んだのなら本当にタチが悪い。

——カランカランカランカランカラン。

『準備中』の札を掛けていたはずのドアが開いてドアベルが鳴り、一人の男が店内に入ってきて、全員の視線がそちらに向いた。

「おはようございます～。開店の時間を過ぎているのに準備中の札がかかっていましたけど、何かありましたか～？　って、すでにお客様がいらしてたんですね」

現れたのは、見覚えのある茶髪の男だった。

茶髪の男は、俺たち四人の視線を受けて、入ってきた場所で笑顔を引きつらせて固まった。

開店前の店の中に、店員以外のデカイ男が二人も居座っていたら、そりゃびっくりするよね。ゴメン。

「あ、ロベルトさんおはようございます。すみません、ちょっと立て込んでて開店の時間を遅らせていました」

「それはお邪魔したようですね」

入り口で固まっている男にアリシアがにこやかに対応して、それで男の硬直も解けた。

確か商業ギルドの人だっけ？　そうだ、あれだ、バザーの日に町の見回りをしていた真面目な職員さんだ。

「パッセロさんのご様子を伺いに来たのですが、その後具合はどうですか？」

なんというタイムリーな人なんだ。

「ええ、それが、父の体調不良の原因がわかったんですよ」

「え!?」

「ちょっと詳しくは伏せますが、原因も取り除いてもらって、回復の見込みが立ったのです」

「そ、それは、なんともよかったですね！」

「ええ、じきに父も復帰すると思いますので、その時はまたご挨拶に伺いますね」

「あ、はい。ええ、お待ちしております。で、では、またご様子を伺いに来ますね」

ロベルトという男がアリシアとの会話を終え、踵(きびす)を返したところで声を掛けた。

「商業ギルドの職員さんだっけ？」

「ひっ!? え、あ、はい」

営業スマイルで声を掛けたのに、驚かせてしまったようだ。

「ちょっと聞きたいんだけど、最近商業ギルドでグラスグラスを取り扱ったりした？」

愛想よく対応しようと思って笑顔を意識したが、アベルみたいな張り付いたような不自然な笑顔になっていたかもしれない。

「ふぁっ!? え？ グ、グラスグラスですか!? や、や、薬草でしたっけ？ う、うちでは取り扱ってないですね」

「そうか。じゃあ、ピエモンで薬草をたくさん取り扱ってる場所ってどこかな？」

「え、ええと……それは……薬草でしたら、おそらく冒険者ギルドが一番取り扱い多いんじゃないですかね？ ピッ、ピエモンには薬師ギルドありませんし」

「なるほど、ありがとう」

「ええ、ええ、あまりお役に立てる情報なくてすみません。で、で、では、私はこれで!!」

ロベルトという商業ギルドの職員は、足早に店から出て商業ギルドの方向へと帰っていった。

妙に噛み噛みの喋(しゃべ)り方する人だったなー。商業ギルドなんて交渉事多そうなのに、あんな口調だと苦労していそうだな。

「さっきの人は～？」

「商業ギルドの方で、いつもお世話になっている方ですよ」

「ねーちゃん目的のムッツリスケベ系ですけどね」

キルシェは何故かロベルトって人に、刺々(とげとげ)しい。

でも、アリシアみたいな巨乳美人に、釣られない男の方が珍しいと思うんだ。

そんなキルシェの辛辣(しんらつ)な言葉に、俺もアリシアの胸を見ないように視線が泳いだ。

「ふ～ん」

自分で話を振っておいて、興味薄そうな反応するあたり、すごくアベル。

そして、俺に生暖かい眼差(まなざ)しを向けた。

なんだよ、巨乳好きで悪いのかよ！

「グランってさ、ほんとグランだよね～？」

は？

「なんだよいきなり!?　意味がわかんねーぞ」

「いや、何でもないよ」

そんな生暖かい目で見ておいて、何でもないとか言われても気になるだろう。

「はいはい、アベル、お店が開店したら、店の真ん中にいると邪魔になるから、ちょっとすみっこでおとなしくしててくれ」

「え？　ひどくない？　グランのお願い聞いたのに」

「う、うん。それは感謝してるから、ちゃんとお礼するよ」

不満げなアベルを店のすみっこに追いやって、用意してきたポーションをマジックバッグから出してカウンターに並べていく。

パッセロさんの件で開店が遅れてしまったので、店内にはまだお客さんはいないが、店が忙しくなる前に本来の目的のポーションを買い取ってもらわなければならない。

「これがいつものヒーリングポーションとリフレッシュポーションと解毒のポーションね。それでこっちが今回新しく作った、酔い覚ましのポーションで、これが筋肉疲労回復の軟膏、こっちは新作のリフレッシュポーションで、通常のリフレッシュポーションの疲労回復効果に加えて、眠気醒ましの効果も付いてる」

「新作ですかー？　グランさんのポーションは効果が高いって好評なんですよー」

ぽよんっと、たわわなお胸を揺らしながらアリシアが納品したポーションを鑑定していく。

やっぱ、この胸に目が行くのは男として仕方ないんだよなぁ……俺は健全な十八歳男子だし、正常な反応だ。

「あとコレは試作品なんだが、良かったら使ってみてくれないか？　手に塗る軟膏で、カサつきとかヒビワレみたいな手荒れに効くはずだ」

前世の記憶を頼りに作った、手荒れ対策用の軟膏こと〝ハンドクリーム〟の試作品をアリシアとキルシェに渡した。

先日作った蒸留器で抽出した精油を使って作ったものだ。

「ありがとうございます。軟膏ですか？　薬なのにいい香りですねー。これはラヴァンの花の香りですか？」

「さすがだなー、正解。ラヴァンから抽出した精油で作ってるから、リラックス効果もあるはずだ」

ラヴァンとは、春から初夏にかけて穂のような紫色の花を付ける、香りの強い揮発性の油を多く含む薬草だ。

炎症を抑える効果の他に、香りは人に対してはリラックス効果が高いが、虫が嫌う香りでもあり忌避系のポーションの材料にもなり、多様な使い方のできる素材である。

繁殖力も強く、森の浅い場所で手軽に手に入るわりに使い勝手が良いので、お気に入りの薬草だ。

「それで、こっちがラヴァンから作った蒸留水なんだけど、お肌の手入れにどうかなって？」

「肌の手入れ!?」

やはり、女性はスキンケアの話になると顔色が変わる。

アリシアがカウンターから乗り出して、ラヴァンの芳香蒸留水の瓶をガン見している。

「女性はこういうの好きかなって作ってみたんだけど、どうかな？　肌の保湿効果とか引き締め効果があるから、顔洗った後とかに使うといいかなー。個人差で合う合わないあるから、いきなり顔に使わないで見えないとこで試してからがいいかな？」

「あああありがとうございます!!　早速今日から試してみますね!!」

よっしゃ！　好感触!!

「グラン何それ？　俺そんなの聞いてないけど!?」

会話に突然アベルが割り込んできた。

聞いてないって言うか、言ってないし。

「俺もそれ欲しいから、俺にもわけてよ」

「え？　男なのに肌の手入れとか気にしてるの？」

「変わったものあると試してみたくなるじゃん？　あとその手に塗る軟膏も売ってほしい」

「はいはい、帰ったらね」

「ホント、グランはやっぱりグランなんだよなぁ」

なんか、アベルがブツブツ言っているけれど、何なんだよもう。

「あ、そういえばグランさんに頼まれてた農具が届いてますよ！」

「おっ、それはありがたい」

「倉庫に置いてあるので持ってきますね」

畑を作ろうと思い先日頼んでいた農具が届いたようで、キルシェが店の裏にある倉庫へ向かおうとした。

「結構重いだろ？　俺が取りに行くよ」

「大丈夫ですよー。グランさんに貰った指輪のおかげで、重い荷物も楽に運べて力仕事が楽しいくらいです」

引き留めた俺にそう言い残して、キルシェはパタパタと足音を立てて倉庫へと走っていった。

指輪が役に立っているようで何よりだが、やりすぎてゴリマッチョ系女子にならないか不安だ。付与の身体強化で重い物持っていると言っても、体を使えばそれだけ鍛えられてしまう。

「キルシェが奥に行っている間に、ポーションの代金をお渡ししますね？」

アリシアが先日渡したソロバンをパチパチと弾いて、ポーションの代金を計算する。すっかり使い慣れたようで、その指先に迷いはない。

「何それ？　初めて見る道具だけど、計算する道具？　こっちの方はこんな道具を使ってるの？」

アベルが俺の後ろから、アリシアがソロバンを使う様子をまじまじと覗き込んだ。

あ、まずい。

「異国の数字の計算をするための道具だそうです。グランさんが作ってくれたんですよ、とても便利で帳簿つける作業がとても速くなりました」

あ〜、バレちゃった。

別にバレるのはいいのだけれど、また根掘り葉掘り聞かれるの面倒くさいな。って。

「へぇ、グランがねぇ……ふーん」

「や、これは東方の商人が売ってるの見つけて、それを真似て作っただけで、俺が考えたわけじゃないよ」

アベルが何やら、もの言いたげな視線を向けたので、事情を話す。

使い方は前世の記憶だが、物自体は先日の五日市で見つけてそれで思い出して作った物だから、全くもって嘘はついていない。

「グラン、俺にもコレ作って？　使い方も教えて」

「え？　商人じゃないからいらないだろ、てかアベルなら道具を使わなくても計算速そうだけど？」

「目新しい物見ると欲しくなるの！　それに計算が楽になるなら役人にも需要あるからね」

今日はアベルには借りがあるので、頭が上がらない。

ポーションの代金と農具を受け取った後、帰り際に五日市で売るために作っていた防毒効果を付与してあるブレスレットをアリシアに渡した。

あまり強い効果ではないが、グラスグラスくらいの毒なら無効化してくれるはずだ。

「今度ちゃんとしたの作ってくるからとりあえず、これパッセロさんに着けてもらってて。グラスグラスの毒くらいなら無効化できるから」

「ありがとうございます。何から何までお世話になって、なんとお礼を言っていいのか。グランさん、アベルさん、本当にありがとうございました」

アリシアとキルシェに深々と頭を下げられた。

「気にしなくていいよ、その分お店の軒先(のきさき)を貸してもらえるなら。これはその家賃ってことで」

「はい、グランさんの商品なら喜んで取り扱わせてもらいますよ」

◆◆◆

一悶着(ひともんちゃく)あったけれど、予定していた用事を終えてパッセロ商会を後にした。

その後はアベルを引き連れたまま、ピエモンの商店街で買い出し。

農具も手に入れたし、念願の畑でスローライフだ!!

商店街で野菜やら薬草の種を購入してアベルタクシーで帰宅。

種を見ていたら色々欲しくなって、つい買いすぎてしまった気がするけれど、使わない分は収納の中にしまっておこうね。

大丈夫、忘れずにちゃんと蒔(ま)くから。今日蒔かなくても、後日ちゃんと蒔くから。今年蒔かなくても来年もあるから。

「畑を作るの？　土魔法で耕しちゃう？」

「んや、自力でやってみる。冒険者になる前は実家の農業手伝うことも多かったし、何となくはわかるからいけると思う」

ピエモンから戻って昼食をとりながら、農具を受け取ったので午後から畑を作るつもりだとアベルに話すと、土魔法で手伝ってくれると言われたが、せっかくなので自力でやってみる事にした。

土魔法で耕してもらえるなら早いし楽だけれど、農業系のスキルを伸ばしたいなって。

別に魔法で何でもできてしまうのが悔しいわけではない!! 魔法を使えなくても悔しくなんかないもんね!!

お手伝いの申し出を辞退すると「じゃあ、ちょっと出かけてくるね」とアベルは転移魔法でどこかに飛んでいったので、午後からは予定通り畑を作り始めた。

元は農場だったところを買い取ったので敷地は広く、放置されて荒れていたとはいえ農地には向いている。

ここに越して来てからぼちぼちと、敷地内の草を毟(むし)ったり、森から侵食してきていた木を撤去していたりはしていたので、耕していけば畑として形にはなっていくと予想している。

全部一日でやる必要はないから、できる範囲からやるつもりだ。スローライフらしく自分のペースでやるんだよおおお!!

農業系のスキルは、子供の頃に手伝いで畑仕事をすることもあったので、低いながら〝耕作〟のスキルは持っている。

スローライフと言えば農業!!　畑でお野菜自給自足!!　耕作スキルもがっつり伸ばしたい!!

麦わら帽子被(かぶ)って、首にタオル巻いて、軍手して、汗を流しながら鍬(くわ)で畑を耕すのが、俺の憧れのスローライフ像だ。

そういえば麦わら帽子を持ってないな？　どっかで藁(わら)あったら作れるのかな？　作った事ないけれど。

あと今世のタオルはあんま質が良くないんだよね。もっとこうふわふわで水しっかり吸うタオルが欲しいな。

よく考えたら、皮手袋はよく見るけれど、軍手的な物は見た事ないな？　皮手袋は頑丈だけれど、蒸れるし硬いし、農作業するのにはあまり向いていないんだよなぁ。

いや、今はそんなこと考えている場合ではなくて、畑だ畑！　俺は畑を耕すのだ！

耕作のスキルは低いが身体強化のスキルはそこそこ高い。

畑を耕すという作業なら、耕作スキルでなくても身体強化のスキルでごり押しでいい。疲れたら疲労回復ポーションを使えばいいな？　というか、力任せに地面を耕すのわりと楽しいな？

耕すだけなら力任せでいけたけれど、畝(うね)を作るの意外と難しいな!?　なんか少し歪(いびつ)な形になったけれど、何となくそれっぽくできればいいかな？

適当に作ったから、少し畝の幅が狭かったかもしれないな？　畝間ももう少し広くした方がよかった気もしてきた。

まぁ、細かい事は気にしない。植えるのは初心者向けのハーブだし、たぶん大丈夫。

畑を耕して畝を作って、土に肥料を混ぜて、青菜系の野菜や薬草としても使えるハーブ系の植物の種をバラバラと蒔いた。

ちゃんと芽が出るかわからないから、少し多めに蒔いて、多かったらあとで間引けばいいよね？

ピエモンでも買える野菜は後回しで、耕作初心者でも育てやすくて、成長の早い青菜系から育て始めることにした。とりあえず自分のうちで消費する分だけ、練習がてらに色々と作ってみるつもりだ。

ちなみに肥料はスライムゼリーを乾燥させた粉だ。

スライムは餌によって性質が変わるので、人為的に与える餌を調整すれば任意の性質のスライムを育てる事ができる。

汚水処理用に浄化槽で飼っていたスライムが、分裂して増えてきたので、間引きして回収したスライムゼリーを乾燥させて肥料にしたものだ。

ゴミ処理にも使えて肥料にもなるし、与える餌によっては食材にもなるし、魔力付与やポーションの素材にもなるので、スライムはとても便利な生物だ。

フィーリングで作った畝に何も考えずにバラバラと蒔いた種が、予想以上に大きく育ってまるで茂みのようになってしまい、収穫に苦労した上にしばらく食卓が野菜だらけになり、野菜嫌いのアベルからめちゃくちゃ苦情を言われるのは、もう少し先の話。

育てやすいとは聞いていたけれど、買ってきたハーブがあんなに大きく育つなんて、この時は思っていなかったんだよ!!

「ステータス・オープン」

畑弄(いじ)りが一段落したのでステータスを見てみると、目論見(もくろみ)通り耕作スキルががっつり伸びていた。どさくさで身体強化も少し伸びているのも嬉(うれ)しい。

〝器用貧乏〟の恩恵なのかどのスキルも30くらいまではサクサクと成長する。

それ以降のスキルの成長はだんだん緩やかになり、60くらいからとても渋くなってくる。80超えてからは伸びたらラッキーくらいの感じでしか成長していない。ついでに言うとレベルも最近さっぱり上がっていない。まぁ、あまり強い魔物と戦うこともないから仕方ないけれど。

この後は夕飯の支度をして、明日の五日市に備えて商品の最終チェックをしたら今日は早めに寝るとしよう。

ちなみにこの日の夕食は、先日の黒くてテカテカしたでっかい魚を、美味(おい)しくいただいた。

黒くてくそデカイ魚だったけれど、身は脂の乗ったトロットロの赤身だった。

唐揚げにしたり、フライにしたり、炙(あぶ)ってみたり。

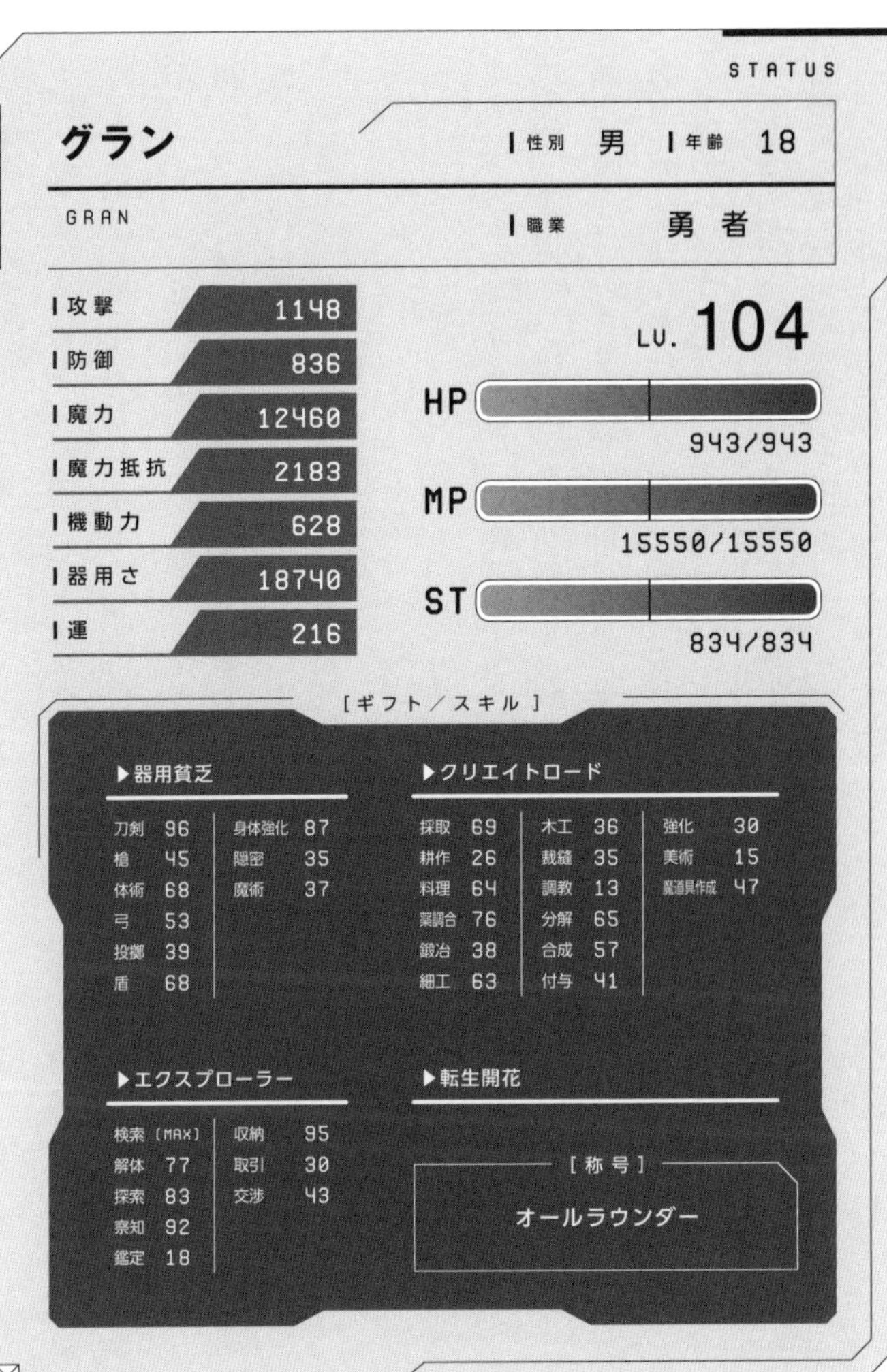
STATUS
グラン
GRAN
性別 男
年齢 18
職業 勇者
攻撃 1148
防御 836
魔力 12460
魔力抵抗 2183
機動力 628
器用さ 18740
運 216
LV. 104
HP 943/943
MP 15550/15550
ST 834/834
[ギフト／スキル]
▶器用貧乏
刀剣 96
槍 45
体術 68
弓 53
投擲 39
盾 68
身体強化 87
隠密 35
魔術 37
▶クリエイトロード
採取 69
耕作 26
料理 64
薬調合 76
鍛冶 38
細工 63
木工 36
裁縫 35
調教 13
分解 65
合成 57
付与 41
強化 30
美術 15
魔道具作成 47
▶エクスプローラー
検索（MAX）
解体 77
探索 83
察知 92
鑑定 18
収納 95
取引 30
交渉 43
▶転生開花
[称号]
オールラウンダー

目の周りの肉とか最高だよね!!

でも一番美味(うま)いのはやっぱ刺身だよなぁあああ!!

って前世のノリで生食したら、アベルどころかシャモアにまでドン引きした顔をされたとかなんとか。

黒くてでかくてトロットロッの魚の料理を頑張ったので、昼間のツケはたぶん全部返したと思うんだ。

◆◆◆

「え？　今日もついてくるの？　お客さんが来るかわかんない露店に座ってるだけだよ？」

「田舎のバザーって、掘り出し物ありそうじゃん？」

確かに前回ショウユとかササ酒とかソロバンを見つけたけれど。

昨日のポーション納品に引き続き、今日の五日市にもアベルがついていくと言うので困惑している。

この世界の暦は、一年が三百六十日で十二か月、一か月が三十日、一週間が六日だ。ちなみに一日は前世と同じ二十四時間である。

一月　火の月
二月　風の月
三月　聖の月
四月　空の月
五月　光の月
六月　冥の月
七月　水の月
八月　地の月
九月　沌の月
十月　時の月
十一月　闇の月
十二月　天の月

というふうに月には名前がついていて、曜日は竜の日、獣の日、鳥の日、虫の日、魚の日、神の日という順に繰り返される。

ちなみに神の日はその名の通り、教会でミサが執り行われる。

今日は五月十五日つまり光の月の三の鳥の日である。

パッセロ商店にポーションを納品しているのが毎週獣の日なので、三週目が納品翌日に五日市の日となり、少し忙しいスケジュールになったのだ。

一年も一か月も一週間も六の倍数なので、非常に計算しやすい。

五年に一回ほど閏年があり、七月が三十六日になりこの六日間は時待日と呼ばれ、世界各地で大きな祭りが催される。

そんなわけで、今日もアベルの転移魔法で、楽してピエモンに移動して五日市の会場に到着した。

ホント、転移魔法便利すぎるな!!　チート魔法ずるい!!

前回の失敗とキルシェのアドバイスを活かして、今回は値段と性能を書いた値札をちゃんと用意した。

商品は、魔力付与したアクセサリーや小物が中心だ。


「小物っていうか、もうこれ立派な魔道具だよね？」

露店の準備をしていると、アベルが目を細めてこちらを睨んでいるが、気にしない。

「延々と水が出る水筒って、しかも中の水の温度が冷たいままって、明らかに魔道具だよね？」

「水筒に水の魔石付けて、容器に断熱効果を付けただけだし。魔石の魔力が切れたら魔石を取り換えるか、補充するかしないと水出なくなるし？　ホントは延々と酒の出るグラスとか作りたかったけど無理だった」

「そんなグラスあってたまるか!!　で、こっちの髪の毛の色が変わる髪留めとか、これもう完全に隠密用の装備だよね？」

「おしゃれな女性に需要あるかなーって？　あ、見て見てこれおっぱいがでっかく見えるブローチだよ、超力作。男なら女装にも使えるよ？」

「何を思ってそんな物作ったの!?」

「悩める女性のため？」

「そのブローチ、後で俺にも作って」

「え？　アベル女装すんの!?!?」

「違うよ!!　それ絶対に王都で貴族相手に売るとガッツリ金を取れそうだから、貴族向けの貴金属店に売り込む用だよ!!」

「えー、貴族とか面倒くさいから、庶民向けに細々作るよ」

「ダメ！　そんな世の中の悩める貴婦人方が食いつきそうなアクセサリー、すぐに商人に目を付けられるよ!!　変な商人に捕まる前に、信用できる大手商会を紹介するからね？　こんな小さいアクセサリーに体形が変わって見えるくらいの幻影効果を付与できる職人は限られてるんだからね？　直接やりとりが面倒くさかったら、俺が間に入るからね？」

「はーい」

「あと、目新しい物作った時はちゃんと商業ギルドに登録してる？　どうせグランの事だから面倒くさいって、先送りしてるでしょ?」

「う……」

さすが付き合い長いだけあって鋭い。

「もー、変な魔道具もいっぱい作ってるでしょ？　魔道具ギルドにも行かないといけなさそうだし、今度王都まで転移魔法で連れて行くから、その時商業ギルドにも行こうね？」

「だって、ピエモンに魔道具ギルドないんだもん」

「返事は？」

言い訳はスルーされた。

というか変なって失礼だな、変なって！

「はい。王都でちゃんと登録するので、連れて行ってください」

とまぁ、アベルに小言を言われもしたが、露店の準備も終わって客が来るのを待つのみになった。

今回は自力で売り捌(さば)けるといいな。

前回は閑古鳥(かんこどり)が鳴いて暇を持て余していたので、今回もそうなっていいようにと、暇潰(つぶ)し用に刺(し)繍(しゅう)糸を用意してきた。

店が暇そうなら、店番をしながらミサンガを作るつもりだ。

刺繍糸は普通の刺繍糸の他に、水蜘蛛(みずぐも)の糸から作られたものも使う。

魔物素材はそのままでも軽い属性耐性があるので、お守り替わりにアクセサリーや小物に使うこともよくあり、手に入りやすい魔物素材は人々の生活にも浸透(しんとう)している。

　もちろん魔物素材なので魔力を付与する事もできる。とは言え、ミサンガに少しだけ水蜘蛛の蜘蛛糸を織り込む程度だと、お守り程度の気休め効果しか付与できない。

◆◆◆

「……ラン。グラン！」

「ん？」

　ミサンガを作るのに熱中してしまい、アベルが呼んでいる事に気が付かなかった。

「グラン、お客さんだよ」

「え？　あ？　ごめん気付かなかった。どうもいらっしゃいませ」

　アベルに言われて前を見ると、女性三人組がうちの露店を覗き込んでいた。

「この髪の毛の色の変わる髪留めって、どんな色になるんですか？」

　三人組のうちの一人に尋ねられた。

「金髪になるよ？　試着してみる？　他の色が良かったら、ちょっと時間を貰えれば変更もできるよ」

　この世界は、前世の世界にあったようなお手軽なヘアケア用品が流通していない。あるかもしれないが、平民の間では流通していないので、皆くすんだ髪色が多い。そのため、金髪や銀髪のようなキラキラした髪色が、見目麗しいと思われる事が多い。

ちなみに、前世と比べてこの世界の髪色はかなり多様である。かく言う俺もくすんではいるが、前世の世界ではありえないような赤毛だ。隣にいるアベルはキラッキラの銀髪なので、顔だけではなく頭髪までイケメン盛りである。

そーだよ！　アベルみたいなキラキラの銀髪は、それだけで雰囲気イケメン認定されるんだよ！　くそが！　俺なんか錆びた鉄みたいな色だよ!!　イケメン、爆発しろ!!

「つけてみてもいいですか？」

「どうぞどうぞ」

枯れ葉色の髪の毛の女性が髪留めをつけると、キラキラのブロンドに毛色が変わったので、手鏡を渡した。

「すごい！　ホントに金髪になった！　これで大銀貨二枚ですよね？」

「うん、ちょっと高くてごめんね？　ずっと使っても二、三年は魔力が切れないと思うけど、魔力が減ってきて魔石の色がくすんできたら、魔力補充するとまた使えるようになるよ。魔石が壊れちゃっても、本体が壊れない限り、魔石交換したらまた使えるようになるからその時は細工師に頼んで交換するといいよ。魔石は水の魔石だから覚えておいてね。あと魔力が使えない場所では効果出ないし、魔力を吸収する物が近くにあると魔石の消耗が激しいから気を付けてね」

　アクセサリーとはいえ魔力で効果が出るものなので、注意事項はちゃんと伝えておかなければいけない。

「わかりました。けっこう長持ちするんですね！　それで大銀貨二枚なら、買います！」

「色は金でいいかな？」

「はい！　じゃあ大銀貨二枚ですね！」

「ありがとう、じゃあこれはおまけ。手がすべすべになる薬。そのうちパッセロ商店に置いてもらうつもりだから、使ってみて良かったらよろしく」

　さりげなく、試作のハンドクリームを渡して宣伝をしておく。

「ありがとうございます!!」

　喜んでもらえて何より。

「私もこっちの髪の色変わる髪留めが欲しいです」

　今度は一緒にいた灰色の髪の毛の女性だ。

「これもこのままだと彼女と同じ金だけど、色は変えるかい？」

「ストロベリーブロンドとかってできます？」

「できると思うよ、ちょっと待ってね」

　髪飾りの裏側に彫りこんである色指定の術式の部分に魔力を通しながら、指で擦(こす)って一度術式を消す。ポーチから装飾用の針を取り出して、消した部分に魔力を流しながら新たな色指定を彫り込

んだ。

「よし、できた。ちょっとつけてみてもらえるかな？」

「え、もうできたんですか？」

灰色の髪の彼女が髪飾りをつけると、彼女の髪の毛の色がふわっとしたピンク味の掛かったブロンドヘアに変わった。

「わあああああー！　すごいー別人みたい!!」

「はい、さっきの彼女と同じおまけもつけるよ。これもさっきのと同じでそのままでも二、三年使えるから、魔石の魔力が減ってきたら注ぎ足すか新しい水の魔石と交換すれば引き続き使えるよ。魔力が使えない場所では使えないのと、魔力を吸収する物の近くで使うのはできるだけ避けてね」

しつこいようだが、注意事項は一人一人ちゃんと伝えるのが、お互いのためだと思っているので、ストロベリーブロンドの髪色になった彼女にもブロンドヘアの彼女と同じ説明をする。

「はーい！　ありがとうございますー!!」

髪の毛がピンクブロンドに変わった彼女から、大銀貨二枚を受け取った。

女性三人組はキャアキャアと、はしゃぎながら去っていった。

去り際に、髪留めを買わなかった銀髪の女性がチラリとこちらを見た気がするけれど、多分気のせいだろう。

「ねえ？　前から思ってたことだけど、どうやってあの大きさの銀製品に、あれだけの付与をしてるの？」

女性三人組が去った後、何やら腑に落ちていない顔をしたアベルにそう聞かれた。

「普通に付与してるだけだけど？」

「いやいや、グランの銀製品鑑定したら〝シルバー？〟って疑問形で出てくるんだけど？　ていうか魔法銀であのサイズに、髪色だけとはいえ、動きのある物の見た目変えるほどの付与すると、土台が耐えられないと思うんだけど？」

いつの間に鑑定してたんだよ！

確かにアベルの言う通り、複雑な付与をしようとすると、それに比例して土台となる物の魔力の容量も必要となる。

俺がアクセサリーによく使う魔法銀は、手に入りやすく価格も安いが魔力の容量はそこまで多くない。故に、複雑な付与をしようと思うとサイズを大きくするか、魔力の容量の多い素材を使わなければいけなくなる。

「さっきの髪飾りなら魔法銀に少しだけ魔法金を混ぜてて、裏側に液状にしたミスティールがちょっとだけ塗ってあるから、普通の魔法銀製品より、少し複雑な付与ができるんだよ」

「は？　ミスティール？」

「ミスティールって言っても、溶かして固める前の状態のを一滴程度だよ。表に塗っちゃうと斑になるくらいの少量だから裏に塗ってある。分解スキルで鉱石を分解すると時々出てくる、すっごい少量のミスティール鉱石の破片とか、うっかり欠けたミスティール製品の破片とかの再利用？　それだけで魔法銀製品の補強になるから、コスパもいいし便利なんだよね」

　ミスティール自体は結構高価な物だけれど、ほんの一滴程度で魔法銀の強化に使えるから、それだけならそこまでコストはかからない。使い古した装備や魔道具の破片、他の鉱物に混ざっていたせいで純度の低いミスティールの再利用にはちょうどいいのだ。

　先日アベルにガラクタだのゴミだの言われた、使わない装備の再利用だ。無駄に貯め込んでいるわけではない、ちゃんとリサイクルして使ってるんだよ！

　分解のスキルがあるおかげで、再利用や分離が厳しい物に含まれているミスティールも取り出して再利用できるので、ガラクタやくず鉱石を安く買い取って分解して、コツコツと貯めていた物だ。

◆◆◆

　その後もポツポツとお客さんが来て、順調に商品が売れていった。

　時々手慰みのミサンガ作りに集中してしまい、お客さんが来たことにアベルに声を掛けられて気付くというのを繰り返していた。

　作っているうちに慣れてきて、約一時間で一つのペースで作れている。

「アベル暇じゃない？」

「とくには？　ていうかグランが手芸に集中しすぎて、俺が店番になってる」

「うん、助かってる。おなかが空いたらサンドイッチあるから食べてくれ」

マジックバッグから取り出す振りをしながら、収納からお昼ご飯用に作ってきたサンドイッチを取り出してアベルに渡しておく。

「グランは？」

「もうちょっとでこれできるから、これができたらかな」

「ふーん、ミサンガは何か付与するの？」

「うん、水蜘蛛の糸を使っているから、簡単な水属性の付与ならだいたいできるよ。お客さんの希望を聞いてからその場で付与しようかなって思ってる。特に希望なければ、防毒効果つけるつもりだよ。ここの模様がキーになってるんだ。防毒っていっても、虫とか弱い毒ヘビとか、軽い食中毒くらいにしか効果ないけど」

「またそういう……」

「うん？」

「いや、何でもない」

アベルがふいっと目を逸らしてため息をついて、サンドイッチを食べ始めたので、俺もミサンガを作る作業に戻った。

三本目のミサンガが出来上がったところで、俺も昼飯にする事にした。

午前中だけで色々売れて商品も残り少なくなってきた。前回はキルシェに手伝ってもらうまではさっぱりだったので大進歩だ。

「ところでグラン。防毒付与って、土台になるアクセサリーの素材に魔力容量大きいもの使ったらどれくらいの効果がいける？」

「うーん、あんま高級な素材でやったことないから何とも言えないなぁ……。自分で使ってるミスティール製のピアスに状態異常耐性をつけてるけど、それだとコカトリスの毒と石化くらいならレジストできるかな？　今ならユニコーンの角があるから、それを使ったらもっと状態異常耐性全般に高い物が作れそうかも？」

「いや、コカトリスの毒と石化を防げるって相当だよね？　あの石化をがっつり喰らうと、神官レベルの治癒魔法か、ハイポーションでも質のいい物じゃないと一回で解除できないよね？」

「そお？　ごちゃごちゃ術式を書かないといけなかったから、ちょっと作るの面倒くさかったけど」

「うん、わかった、グランだしそうだよね。前に装備を作ってくれるって話してたやつさ、そのユニコーンの角使って状態異常耐性付与したアクセサリー二つほど作ってほしい。できれば男性用と女性用ペアで。もし追加で欲しい素材あったら、融通できる範囲で調達するから、できる限り小型で効果を高くしてほしい。もちろん相応の報酬も払うし、約束通りシランドルのオーバロって町まで行ってこよう」

マジか！　オーバロ！　米！　醤油！　酒！　ついでに味噌も見つけてきてほしい。

よぉし！　がんばっちゃうぞー！

「やる！　めっちゃ本気出す！　素材もできる限り良い物を使って作ろう！」

「お、おう。やりすぎが心配だけど、やりすぎてほしい気もする」

「ん？　何か言った？」

「何でもないよ」

「……あの」

アベルと話していると、露店に来た女性に声を掛けられた。

「あれ？　さっきの？」

午前中に来た三人組の女性のうちの一人、髪飾りを買わなかった銀髪の女性が一人で、うちの露店の前に立っていた。

「あの……」

その女性は少しそわそわした感じで、ちらちらと露店を見て口籠もった。

「何か試着してみますか？」

迷っているようなのでこちらから声を掛けてみる。

「えっと……このブローチ……見せてください……!!」

俯きながら彼女が指さしたのは、バストアップ効果のあるブローチだった。

あー……うん、ごめん。確かにこんなもの売っているのが、男だと声かけづらいわな。というかノリで作った物だけれど、よく考えたらセクハラ装備だよね？

「グランって女心に疎すぎるよね？」

アベルが呆れた顔でこちらをチラ見して、パチンと指を鳴らした。

「彼女に認識阻害の魔法を掛けたから、これで俺達と彼女以外からは、意識して見ないと彼女の事は記憶に残らないよ」

くそぉ、認識阻害の魔法はありがたいけれど、高性能なお気遣いイケメンに嫉妬するわ。

次回からは、認識阻害の魔道具も用意しておこう。

「あ、ありがとうございます！」

「ごめん、配慮が足りなかったね、ありがとうアベル。じゃあ彼女、試着してみる？」

「は、はい！」

彼女がブローチを着けると、やや控えめだった胸がボリュームアップした。

「わわっ」

マジックバッグから姿見を取り出して彼女の方へ向けると、鏡に映った自分の姿を目にした彼女が感嘆の声を上げた。

「く……ください！！　買います！！！！」

「あ、ありがとう」

先ほどまでのそわそわはどこに行ったのか、鬼気迫る勢いでお買い上げを宣言してくれた。

「大銀貨四枚ですよね？　それでこの効果なら安いものだわ！」

「これは大きめの魔石を複数使っているから、ずっと使ってても四、五年は効果が持つと思うよ。ただし魔力を吸収するような場所に行くと魔石の魔力の減りも早くなるし、魔力が封じられる場所では効果が出ないから気を付けてね。魔石は水の魔石だよ」

「はい！　ありがとうございます！」

「あと、ちょっと俺の配慮が足りなかったお詫(わ)びと言ったら何だけど、試作品でよければコレをオマケするよ」

マジックバッグから桃色の液体の入った小瓶を取り出した。小瓶の蓋の内側には小さな刷毛(はけ)が取り付けてある。

「何ですかそれは？」

「爪がピカピカになる魔法の液体なんだけどどうかな？」

「ほ、欲しいです!!　どうやって使うんですか？」

「使い方を教えるから、ちょっと手に触れていいかな？」

「えっ!?　は、はい」

了承を得て彼女の手を取って、マジックバッグから爪を磨くための植物から作った柔らかいヤスリを取り出し、彼女の爪を丁寧に磨いた。

そしてその上に、爪がピカピカになる魔法の液体こと〝マニキュア〟を蓋に付けてある刷毛で丁寧に爪に塗っていく。

「はい、できた」

元々形の良かった彼女の爪だが、磨いて整えて更に薄い桃色のマニキュアを塗ったおかげでキラキラと輝いている。

「わあああああああああ」

「気に入ってもらえたかな？　乾いたら水に濡れても取れなくなるから、手を洗ったり、水仕事したりしても平気だよ。剥がしたい時はこっちの薬を綿に含ませて拭き取ると剥がせるよ。ずっと塗ったままだと少しずつ剥げてくるから、塗り直す時は前のを剥がして塗り直してね」

マニキュアと一緒に、マニキュアを剥がすための液体の入った小瓶と爪を磨くためのヤスリを渡した。

「はい!!」

「爪を磨くためのヤスリは、やりすぎると爪が薄くなるから気を付けて」

「はーい！　ありがとうございます!!」

「次回の五日市もたぶんいるから、よかったらまた来てね？　ブローチとか爪の薬の使い心地を教えてくれるだけでもいいよ」

「はい！　また来ますね！　ありがとうございました!!」

最後に、彼女の友達にも渡したハンドクリームを彼女にも渡して、アベルの掛けた認識阻害の魔法を解いてもらって、大きくなったおっぱいを揺らしながら帰っていくのを見送った。

「うむ、いい子だった」

「巨乳好きすぎるだろ」

「俺はただ、女の子が（物理的に）胸を張って生きていける手助けがしたいだけだよ」

「ところでさ、さっきの爪に塗る液体は？」

「ん？　森で採って来た樹液をちょっと弄って、赤い花びらで染めてみたんだ」

「弄って？」

「樹液のままだと塗りにくいから少し薄めるついでに、爪に優しい成分を入れたんだよ。爪に塗るポーションだと思ってもらえれば」

「なるほど？　王都に連れて行くから、これも商業ギルドで商品として登録しておこうね？」

「わ、わかってるよ!!　ていうか貴族の間とかでそういうのないの？　爪に模様を描いたりとか、小さな色付きガラス付けたりとか？」

「貴族に知り合いはいるけど、爪を磨いて整える事はあっても、薬を塗ったり、模様を描いたりって話は聞いたことないな。だからその話を帰ったら詳しく聞かせてもらおうか？」

うわ、藪蛇だった。

アベルがすごくいい笑顔でこちらを見ていた。

◆◆◆

「グランさん、アベルさん、こんにちはー。景気はどうですかー？」

「やぁ、キルシェ。おかげさまでほとんど残ってないよ」

「キルシェちゃんだっけ？　こんにちは」

午後になって、売り物が減ってきた頃にキルシェがやって来た。

「グランさんのアクセサリーの性能だったら、売れない方がおかしいですしねー」

「キルシェが前回、色々アドバイスしてくれたおかげだよ」

ほんとキルシェさまさま。前回はキルシェに手伝ってもらうまではさっぱり売れなかったし。

「このミサンガの効果付与、ここでやってるんですか？」

午前中に手慰み感覚で作って昼食後に並べてから、そのまま売れ残っていたミサンガにキルシェが気付いた。

学習したのでちゃんと、『水系の簡単な付与します』って書いた札を置いている。だが、お客さんの反応は今のところいまいちだ。

「ああ、水系の簡単なものしかできないけどな」

「へー、水系って例えばどんな効果があるんですか？」

「水系の防護とか浄化、回復とか小規模な幻影あたりかな。氷も水系だけど、素材的にこのミサンガに氷付与は少し厳しいかな」

「水って回復もできるんですね。回復って聖属性でしたっけ？　聖職者の人の魔法だと思ってました」

「んー、水とか土とか光でも回復系はいけるよね？　やろうと思えば闇もいけるんじゃないかな？　俺の場合、魔法は使えないから魔術になるけど、付与とか魔道具はほぼ魔術の分野だしね」

魔法とはイメージである。それは魔導も魔術も同じである。俺は専門の魔道士でも魔術師でもないので、確認を取るように魔道士のアベルの方を見た。

「うん、イメージ次第ではできるよ。回復の主流が聖属性なのは一番イメージが楽だから。でもグラン、闇で回復系がいけるってどういうことかな？　帰ったらちょっとお話ししようか？」

「え？　闇？　夜寝ると体力回復するからいけるかなっ……て？　闇というか夜というか、月の光がなんか癒やし系っぽいし？　え？　何か間違ってた？」

あ、やば、アベルの笑顔が黒い。魔法が使えないから専門的な知識なくて、前世でやったゲームのイメージで、月の光って回復効果ありそうって思ってやっていたけれど違った？　でも、闇属性の素材でも回復効果が出るのは、実証済みだから間違っていないよね？

やー、イメージ！　想像力の力ってすごいなー！

「なるほど？　理屈としてはありな気がするけど、睡眠をイメージして回復かけると、寝ちゃいそうな気もするけど？」

「そそそんなことより、キルシェはミサンガが気になるのかな？」

話を逸らそう、いやこの場合戻すだけだ、俺は悪くないし、やましい事もない。

「ええ、目の前で付与してもらえるの面白いなぁって思って。でも、効果付与なんてどんなのがあるか、よくわからなくて」

「あー」

やらかした。

そっか、冒険者をやっていると属性ごとの付与の効果をある程度知っているけれど、そうでなければわかりにくかったのか。

「商人なのに不勉強でしたね」

「いやいや、効果付与ある物に馴染(なじ)みのない人だと、わからないよね」

希望に応えてその場で付与すれば需要に応えられると思ったけれど、ある程度こちらから選択肢を提示した方が良かったという事か。

「グランさんと取引するなら、付与品についても学んでおこうと思います。それでこのミサンガだと、おすすめの付与効果は何ですか？」

「俺のおすすめは防毒かな。軽度の毒や、軽い食中毒くらいの毒を、無効にする効果なんてどうだろう。知らずに身近な毒草に触れたり、毒虫に刺されたり、中毒性のある物食べたりってわりとあるかなって思ったんだけど。指輪だと仕事の邪魔になる人もいそうだからミサンガにしたんだ」

身の回りには意外と軽度な毒物があるし、パッセロさんみたいな例もある。日常生活にありふれていそうな毒を軽減するアクセサリーって、ありだと思ったんだよなぁ。

「それで銀貨一枚ですか？」

「うん、普通の刺繍糸に、水蜘蛛の蜘蛛糸ちょっと使ってるだけで材料費は安いし、魔石も使ってないからな。二、三回効果を発動すると、魔力が切れて水蜘蛛の糸の部分は黒くなって、ただのミサンガになるから、使い捨て品だな。それに繊維製品だから、効果が発動しなくてもつけっぱなしだと一年もすればボロボロになるかな？　消耗品みたいなもんだから、それくらいかなぁって」

「安い素材の防毒系の装飾品って、一回効果が出ると普通は壊れるからね？」

「え？」

話を聞いていたアベルが唐突に指摘してきた。

「やー、でもこれ軽度の毒しか防げないから。致死性の強力な毒を防ぐような物じゃないから。軽度の毒なら二、三回防げるってだけだよ」

アベルの指摘通り、致死性の強い毒を防いだ場合は、強力な毒を打ち消す効果の発動で魔力を使い切ってしまい、魔力容量の少ない素材だと一回で効果が無くなったり、壊れてしまったりする。

俺の作ったミサンガは防毒と言っても、せいぜい日常的な弱い毒性が対象なので、一回の発動でそれほど魔力を消費しないので、二、三回は使えるはずだ。少し強めの毒だと一回で効果が無くなってしまうと思うけど、普通に生活している程度ならそんな強力な毒をもらうことはないと思うんだ。

「グランさん!!」

「へ？」

「僕前回言いましたよね？『物の価値に対して正しい値段を付けるのは、その物の価値に、そして作り手に対する評価と敬意』だって！」

「う、うん」

キルシェの剣幕に思わず気圧（けお）される。

「このミサンガは、実際どのくらいの毒が防げるのですか？」

「そうだなぁ……その辺にいそうなのだと、たぶんグラスヴァイパーとかベノムスパイダーくらいの毒なら平気かなぁ？　植物ならマーヤリスの毒くらいなら防げると思う」

グラスヴァイパーとベノムスパイダーは、草原や森によくいる毒を持った蛇や蜘蛛だ。

人の生活圏に近いところにも多く生息しており、畑や庭にも入り込んで来ることも多く、ピエモンのような森が近い田舎町では、これらに噛まれて毒をもらうという事は珍しくない。

マーヤリスとは鈴のような小さな白い花をたくさんつける植物で、花、茎、葉、球根全てに毒がある。特に球根には強い毒があり、見た目がよく似ている〝行者ニンニク〟という山菜と間違えて食べてしまうという事故が多い。

「グラスヴァイパーもベノムスパイダーもマーヤリスも、解毒が遅かったり、摂取量が多かったりすると命に関わる時ありますよね？」

「うん、まぁ……」

「それをあらかじめ防げる装備で、こんなに小さいのだから、銀貨一枚どころの値段じゃないですよ‼」

「は、はい」

やばい。商売の話になった時のキルシェの気迫がやばい。

「グランさんは自分の作った物の価値をもっと高く評価するべきです‼」

バーンッ！　と効果音付きそうな勢いで、キルシェがこちらに人差し指を突き立てた。

「よく言ったよく言った」

それを聞いていたアベルがパンパンと手と叩く。

そう言われてもなぁ……言いたい事はわかるのだけれど、商売にも相場にも疎くてなぁ。自分で商売するなら覚えていくしかないよなぁ。

「グランの取引先がキルシェちゃんのとこでよかったよ。その調子でどんどんダメ出しして！　グランの価値観ちょっとズレてるからね！　グランだけだと不安だから、露店出す時はキルシェちゃんに先に相談してみるとか？」

「いやいや、キルシェもお店あるからそんな手を煩わせるわけには！」

「いいですよー、どうせ五日市は毎回見に来てますから。それにグランさんの売り物、出店前に見られるなら大歓迎ですよ」

「うん、よかったねグラン。キルシェちゃんが協力してくれるなら、彼女に手間賃を払っても今より儲かるんじゃないかな?」

「ぐぬぬっ」

なんか悔しい気がするけれど、まったくもってその通りだ。

「値段の決め方は、最初は誰でも躓くものです。グランさんもこれから商売を知って慣れていけば、すぐに僕の手伝いなんていらなくなりますよ。グランさんが一流の商人になれるように僕が鍛えますね!」

いや、俺は商人ではなくて職人になりたいのだが……。

商売も器用貧乏のギフトで何とかならないかなぁ。

とまぁ一悶着あったが、売れ残ったミサンガは、防毒効果を付与してキルシェに買い上げてもらえる事になった。

というか、ポーションと一緒に毎週ミサンガも納品する事になった。

ピエモンには冒険者もそれなりにいるので、今日作っていた弱めの効果の物とは別に、水蜘蛛の蜘蛛糸を多く使用して効果を上げた冒険者用のミサンガと、半々で取り扱うという事で交渉が成立した。

キルシェがミサンガを全てお買い上げしてくれたのもあって、今日のために用意した売り物は無事全部捌けたので、露店を畳んで引き揚げることにした。

引き揚げる前に他の露店を見て回ったが、午後を過ぎて時間も経っていたので、今日はこれといった掘り出し物はなかった。目に付いた薬草の種や鉱石などの素材類をいくつか買って、今日の五日市からは撤退。

◆◆◆

キルシェを店まで送る途中で冒険者ギルドの前を通り掛かると、その周辺が騒がしい事に気付いた。田舎の町の小さなギルドだ、建物内の喧騒が外まで響いている。

ギルドの前には数名の衛兵の姿も見え、こそこそと逃げるように建物から出てくる冒険者風の者もいる。

「何かあったんですかね？」

キルシェが興味深そうに、冒険者ギルドの方を窺いながら首を捻っているので、その疑問に答えた。

「この感じだと、上位の魔物でも出たかな？」

ピエモンのような在留兵士の数も最低限、冒険者ギルドの規模も小さい町で、少数では対処の厳しい上位の魔物が出ると、領主が騎士団を派遣するのを待つか、他の大きな町の冒険者ギルドに依頼する事になる。どちらにせよ対応まで時間がかかる。

町に常駐する兵団と冒険者の合同で対応する事もあるが、先日冒険者ギルドを覗いた時の感じでは、高ランクの冒険者がいるようではなかった。

ここぞと逃げるようにギルドの建物から出てくる冒険者風の者がいるのは、危険な魔物の討伐に駆り出されないためだろう。

強力な魔物の少ない地域の冒険者ギルドの仕事は、弱い魔物や害獣駆除、薬草などの素材集め、民間の仕事の手伝いといった危険度の低い仕事がほとんどである。

そういった場所で活動している冒険者は、本業は別の仕事をしている兼業冒険者や、自立前の子供が多い。故に、強力な魔物が出た時の対処が厳しい事がある。

「何かあったのか？」

冒険者ギルドから出て来た男に声を掛けてみた。

「あぁ、町から少し離れた場所だが、東に向かう街道にリックトータスが居座って道を塞(ふさ)いでるらしい」

「は？」

思わず変な声が出た。

リックトータスとは成体で十メートルを超える巨大な亀のような魔物で、普段は植物が少なく岩の多い荒野や岩山、火山に棲んでいる魔物だ。

普段は鈍重でほとんど動かず、動いても非常にゆっくりで、自分の住み処からほとんど動くことはない。そして、自分の周りの魔力を帯びた岩や鉱石を食料にしている魔物だ。

なんでこんな森と山に囲まれている平原に、そんな奴がいるんだ？

そしてこのリックトータスという魔物、強さのランクで言うとA＋。Aランク冒険者を集めたパーティーで対処すれば、問題なく倒せるだろうというくらいの強さの魔物だ。つまり一般的には結構強い部類の魔物だ。

ちらりとアベルの方を見ると、面倒くさそうに首を横に振られた。

「やだよ、アイツ魔法耐性高いんだもん」

男が「もん」とか言っても可愛くねーから。

確かにアベルの言う通り、リックトータスは硬い岩のような甲羅を身に纏っており、魔法に対して非常に耐性が高く、ほとんど効果がない。

もちろん甲羅なので物理攻撃に対しても硬い。そして、危険を感じるとその甲羅の中に引き籠もる。

その上、その甲羅には噴火口のような砲台のようなものがついており、甲羅に閉じ籠もった状態でそこから土属性の魔法で岩を発射してくる。

比較的温和な魔物なので、こちらから手を出さない限り攻撃してくることもあまりなく、巨大な体で動きも遅いので、目視してから迂回してしまえばまず戦闘になる事は無い。

しかしうっかり戦闘になってしまえば、硬い甲羅に攻撃を阻まれてなかなかダメージが与えられない上に、強力な土属性の魔法を使ってくるので、正直相手にするのはくそ面倒くさい。

その硬さ故に討伐に時間がかかり物資の消耗も激しく、持久戦必須になるのでA＋というランクに位置付けされている魔物である。

「なんでリックトータスがこんなところにいるんだ？」

「目撃者によると空から降ってきたらしい、地面に大きな穴が開いてて、そこから抜け出すのに土魔法使ってて、そこら一帯の地面がボコボコになってるんだとよ」

「は？？？？？？」

空から降ってきたって何だよ!!

「兄ちゃん達もさっさと逃げないと、無理やりリックトータスの討伐に駆り出されるぞ」

リックトータスの情報をくれた男はそう言い残して、足早に冒険者ギルドから離れていった。

「東の山の方にロック鳥の巣があったから、ロック鳥が捕獲したのを運んでる途中で落としたのかな？　南の方に荒野あるし、そこら辺で捕ってきたんじゃないかな？」

アベルがそんな予想をしているが、迷惑すぎる落とし物だな？

ロック鳥は大きければ百メートルを超え、小ぶりでも数十メートルという巨大な鳥の魔物だ。リックトータスとは捕食者と被捕食者の関係である。もちろん捕食する方がロック鳥だ。

落としたなら回収して行けよ!!　ていうか、あんなデカイ図体の奴が、高い場所から落とされてよく生きていたな！！！

「こないだ、近くで俺がロック鳥を仕留めてるから、警戒して回収に降りてこなかったのかなぁ」

お前も迷惑な奴だな。ロック鳥の唐揚げは美味かったけど。

そんなとても面倒くさい事で有名なリックトータスなのだが、食料として体内に取り込んだ岩石の成分が、甲羅や皮膚に反映されるという特徴がある。つまり食べた鉱石が甲羅や皮膚になるのだ。

そのためごくたまに、リックトータスから稀少な鉱石が採れることもある。

だがその手の稀少鉱石を含むリックトータスは、普通のリックトータスより硬い事が多い。その鉱石の持つ特性を反映しているので、ただでさえ高い物理、魔法に対しての耐性が、更に跳ね上がっている。

「リックトータスかぁ……皮は硬いけど、肉は唐揚げにすると美味いんだよなぁ」

表面は硬いけれど肉の食感は鶏肉にわりと近く、淡泊な味わいで食べやすい。

「えぇ……リックトータスなんか食べたの？」

アベルが少し引いた顔をしながら聞いてきた。

「あぁ、皮を剥いでみたら白くてぷるぷるした肉だったから、いけるかなって食べたら普通に美味かったし、鑑定してみたら食用可だったし」

まぁ、実のところ前世の知識があって、多分美味いだろうなぁって。

前世の記憶にある〝スッポン〟って生き物に顔だけなら似ているから、いけるかなって思って食べたら美味かったんだよ。食感も近かったしぷるぷるした部分もあったし、おそらくスッポン同様にお肌にもいいと思うんだ。

また同様に強壮作用も強くて、食べた日は男としてイロイロ大変だった。

「……の？」

「え？」

アベルが俯いてなにかボソボソ言っている。

「何で？　俺、それ食べてないけど？　どうして食べる時に呼んでくれなかったの？」

「は？　ソロでダンジョン入った時に荒野エリアで迷って、その時に食料節約のために食べたのが最初だし」

「なんでソロでダンジョン入って、リックトータス出るような階層まで潜ってるのかも気になるけど、あんなでっかいの一人ですぐに食べきれないよね？　どうして教えてくれなかったの？」

うわぁ……ハイライト消えた虚ろな目になってるよ。食い物に執着しすぎだろ？

「わ、わかった！　ちょっとギルドでリックトータスの討伐が請け負えるか聞いてくるから！　倒して戻って来たら、お肉貰って食べようね？　ね？」

「やった！　唐揚げ食べたい唐揚げ！」

「はいはい」

「あのぉ……僕も食べてみたいです」

話を聞いていたキルシェが上目遣いで手を上げた。

「まだ依頼を受けられるかわからないし！　依頼受けて、倒して肉を貰えたらな!!　あ、あとリックトータスはA＋だし、俺Bランクのままでここのギルドで全く仕事してないから、俺一人じゃ受けられないかもしれないから、アベルも一緒に来てくれ」

冒険者ギルドの依頼は、自分のランクの一つ上まで受けることができる。俺の場合Bランクなので、Aランクの依頼までは受ける事ができる。

リックトータスはA＋の強さに分類される魔物なので、基本的にAランクの依頼になるはずなのだが、個体の強さや状況によってランクは上下することがある。

A＋の魔物になると危険度からして、ギルドの判断でBランクの冒険者が一人で受ける事はできない事の方が多い。

「え？　A＋の魔物なんですか!?　A＋ってすごく強いんじゃ？　とても危険なのでは？」

「んー、リックトータスは動き遅いからA＋と言っても、そこまで凶悪な強さじゃないんだ。ただくっそ硬くて倒せる人が限られているからA＋、みたいな？　動き遅いからヤバイと思ったら逃げられるから、ランクのわりに戦いやすい部類の魔物だと思う。それにアベルはSランクリーチ掛かってるAランク冒険者だし、アベルがだいたいなんとかしてくれるはず？」

「魔法が効きにくいってさっき言っただろう？　でも肉を食べたいからやるけど」

「肉だけじゃなくて血も肝も食べられるよ」

「へー、じゃあ帰ったらリックトータスフルコースね？」

すっかりリックトータスをやることが決定事項になっているけれど、依頼が受けられたらだよ？　倒して肉を引き取れたらだよ？


冒険者ギルドの建物の中に入ると、先日立ち寄った時にもいた受付のお姉さんに、ピエモンの兵士が詰め寄っていた。

「だから、うちに登録している冒険者にA＋の魔物に対応できる冒険者は、いないいんですって！」

「DランクCランクの冒険者ならいるだろう？　緊急依頼として討伐隊に参加させろ！」

「そのランク帯でA＋の魔物の討伐は無理ですよ！　それにA＋ランクの魔物に、いきなり討伐隊をぶつけるのは危険すぎます、まずは調査隊を派遣してから、個体の強さの目測を立てるのが先です」

「それだと時間がかかりすぎる！　何日も東の街道を封鎖することになると、領都からの物流が止まって、町の物資が不足してしまう」

「しかし、A＋の魔物になると、討伐隊を派遣しても倒せるとは限らないし、人的被害も出るかもしれないんですよ！　あーもう！　こんな日にギルド長が休みだなんて！」

「リックトータスは鈍重な魔物なんだろう？　兵団と冒険者の合同で討伐隊を結成して、数でゴリ押せば何とかなるだろう。倒せそうなら倒して、もし無理なら引けばいいだろう？」

いやいや無理だろう。この町の兵士の強さがどのくらいのものかは知らないけれど、高ランクの魔物討伐に慣れていない者で数を集めても、リックトータスのような高位の魔法を使う魔物相手だと、範囲魔法で一掃されて壊滅（かいめつ）するのがオチだ。動きが遅いと言ってもA＋ランクの魔物には違いないのだから。

Cランクくらいまでの魔物なら、それより少し低いランクの冒険者でも数で押せば討伐も可能だが、上位ランクと言われるBランクを超える魔物が相手となると、力量の足りていない者ばかり数を集めたところで、まとめて蹴散らされてしまうのがオチだろう。

まぁこんな田舎で、普段まず見かける事のないリックトータスが突然現れて街道に居座っているとなると、治安を守る兵士の方も混乱するわな。しかも実際に見た事のない者にとっては、高ランクの魔物の強さなんて理解できないだろうしな。しかし、無茶振りしている事には変わりない。

魔物の強さは、冒険者ギルドのランク同様F～Sでランク分けされているが、上位に行くにつれ＋や－の表記が加わりより細かくなる。

それはCランクまではランク分けによる強さの変化が緩やかなのに対し、Bランク以上は1ランク上がるごとに強さが跳ね上がり、同じ種の魔物でも個体差が激しく、危険度が高いためである。Aランク以上になればその強さの振れ幅は更に大きく、上下1ランクの余裕を見ておいた方がよい。

ちなみにA＋とはSランクにごく近いAランクという事である。

リックトータスは、食料としている岩石の成分がその個体に表れるという特性上、個体差が激しい。強度の弱い鉱石を主食としている個体ならばBランク程度の強さの事もあるし、アダマンタイトやミスティールといった高強度、高魔力耐性の鉱石を取り込んでいる個体だと、Sランク級の強さになる。伝説の鉱石と言われるオリハルコンなど取り込もうものならSランクの上位になるかもしれない。

俺がダンジョンで倒したリックトータスは、銅や鉄成分が多めだったのでランクとしてはB～A－くらいの個体で、装備さえあればそれほど苦戦をしない個体だった。

とまぁ、A＋の魔物の討伐にDかCランクの冒険者を出せと言っているのは、相当な無茶振りなのだが、公側がギルドに無茶振りするのは、緊急事態が起こるとわりとどこのギルドでも見かける光景である。

かといって、戦力を揃えずにごり押しても解決できるとは限らないのだが、街道を塞がれているとなると物流も止まるし、運の悪いことにピエモンの所属するソートレル子爵領の領都はその塞がれる街道の東側なので、領主からの騎士団が派遣されるまでに時間がかかると予想される。

その間、町から遠くない位置にA＋の魔物が居座っているとなると、町の安全を預かる兵団としても混乱するだろう。

しかも、更に運が悪い事にギルド長は休みの日だったようだ。ギルド長に連絡が取れて出勤してくるまでには時間も要するだろうから、しばらく混乱は続きそうだ。

気持ちも事情もわかるのだが、やはり公側とギルドの間でいいように利用されるのは癪だし、面倒事には関わりたくないし、必要以上に目立ちたくない。

ぶっちゃけ、ここでリックトータス討伐を単独で請け負うと、どうしようもなく目立ってしまう。そうなるとピエモンの冒険者ギルド所属になっている俺のとこに指名で依頼が来る可能性が高くなる。それは、俺のスローライフ計画にとって邪魔でしかない。

そこで俺よりランクが高いAランク冒険者のアベルだ。

奴が主導で倒したことにすれば目立つのはアベル、ランクも高い、顔もいい、王都では冒険者としてそこそこに名前も知れていた。しかも所属は王都ギルドのままだから、ピエモンのギルドから積極的に接触すると王都のギルドと摩擦の原因になりかねないので、後日ピエモンの人手不足でアベルに依頼が来る事もない。

つまり、アベル名義でリックトータスを倒してもらって、アベルを風よけにするのが丁度よい。

「そのリックトータス、調査依頼を出すなら俺達にやらせてもらえないかな？」

前世で身に付けた営業スマイルで受付のお姉さんに話しかける。

さぁ、交渉開始だ。

「つい最近、王都のギルドからピエモンのギルドに拠点を移したBランクのグランっていうんだけど、討伐は無理でも調査ならいけるけどどうかな？　聞いたところまだ調査隊すら出してないみたいだけど？」

鎖(くさり)を通して首に吊(つる)している銀色のギルドカードを服の中から出して、ギルドの受付嬢の前にかざした。

「あ、覚えてます覚えてます！　先日、所属の移転手続きに来られた方ですよね？」

「そうそう、たまたま通りかかったんだけどリックトータス？　A＋だよな？　俺Bランクだから、単独討伐はギルド側からも許可を出しにくいだろ？」

冒険者の保身は自己責任といえど、明らかに高ランクの依頼を低ランクの冒険者に行かせて、人的損害が出た場合ギルド側の評価も悪くなる。故にギルド側も、高ランクの依頼を出す場合は慎重になる。

しかも俺の場合、Bランクとはいえピエモンで依頼を全く受けておらず、実績がないのでギルド側も俺の実力を把握していないため、高ランクの依頼を出しにくいのだ。

A＋の魔物の討伐となるとAランクの冒険者パーティー相当の依頼になるのが普通だが、調査だけになると無理に戦闘をしなくていいので、依頼の難度は少し下がる。リックトータスなら動きが遅いので、調査だけならBランクの冒険者にとっては比較的安全な方だ。

「リックトータスの討伐経験は小型の鉄系ならありだ。ついでに、ちょうど一緒に王都ギルド所属のAランクの友人がいる。彼は上位の鑑定持ちだからリックトータスを構成してる鉱物も、もしかしたら、わかる、かも、しれない」

「Aランクのアベルだ」

チラリとアベルに視線を送ると、金色のギルドカードを取り出してギルド嬢に見せた。

「Aランクの方ですか!?」

「AランクとBランクの冒険者だと!?　それならリックトータスの討伐が可能なのでは!?　ピエモンの兵団と合同で討伐隊を組んで」

ほら来た。

ギルドの受付嬢を話しているところに、ピエモンの兵士が割り込んできた。明らかにこちらの戦力を期待して、手柄に便乗しようとしている。

ぶっちゃけ、普通のリックトータスなら少々大きくてもアベルと二人でそう苦労することもなく倒せる。怖いのは特殊な鉱石を取り込んだ個体だった場合。

物理も魔法も効きにくいとなると、討伐難度が跳ね上がる。その場合、依頼の失敗というリスクもついてくるわけで、失敗した場合はペナルティーとして違約金が発生する。

上位の魔物と相対する時は、できるだけマイナス要素を無くしておくのが基本だ。

違約金も嫌だが、命も大事だし、痛いのも嫌だ。ペナルティーも違約金も重度の負傷も避けたい。

冒険者ギルドは、高ランクの依頼で人的被害を出してギルドの評判に傷を付けたくない。

依頼主としても、高ランクの魔物討伐ではよくある想定外の強さや行動で人的被害を出すことにより、賠償金の発生や請け負う冒険者が減り依頼料を上げなければならなくなる事態を避けたい。

そのため、高ランクの魔物の討伐依頼はほとんどの場合、一度事前調査を行い、より正確な魔物の強さと、周辺の状況を把握してから討伐を始めるのが普通だ。

が、その調査の部分の費用と時間をケチっていきなり討伐依頼を出してくるケースは少なくない。

強力な魔物が少ない地域ほどよくある。

「確かに俺はAランクだけど魔道士だからね。リックトータスは素材によっては魔法がほとんど効かないから、戦力外になる可能性もあるからねー、いきなりはちょっと無理かなぁ」

「リックトータスとか個体によって強さの差が激しすぎるから、調査なしでいきなり討伐なら依頼はお断りかな」

兵団が合同で討伐を行おうとする流れを、やんわりと断る。

「な……っ！　では、街道封鎖の事もあるし、緊急依頼としてBランク以上の者を招集という形で」

緊急依頼とは、統治者やそれに属する機関が、緊急性のある依頼に強制的に冒険者を参加させる事のできるシステムだ。

魔物の大量発生時や、今回のような想定外の魔物の出現に使われることが多い。

「俺はピエモンのギルドの所属だからその招集の対象にはなるけど、アベルは王都のギルド所属だから強制力ないよ？　しかも俺Bランクだから A＋の討伐への強制招集は断ることも可能だし、実際に討伐は断るって言ってるからな？　ランク差の危険度から言って、強制招集で討伐失敗した時の責任は招集掛けた側になるけど、ピエモンの兵団の予算でBランク冒険者の損失の賠償金を払えるのか？」

敵の強さが跳ね上がるBランク以上の討伐依頼を、討伐対象のランク以下の者に強制的にやらせるのは死刑宣告に等しい。

そういった冒険者側のリスクが大きい依頼を、強制的に依頼した場合に発生した冒険者側の損失は、依頼主側に賠償が発生する。

Bランク以上の冒険者は上級冒険者と言われ、Cランク以下とは比較にならないほどの厳しい審査とランクアップ試験がある。それ故にBランク以上の冒険者とCランク以下の冒険者の間にはちょっとした壁がある。

そんな現役のBランクの冒険者が死亡、もしくは冒険者を継続不能になるような事があれば、その賠償額は存外高額である。

それに、アベルもたまたま滞在していただけの、王都の冒険者ギルド所属の冒険者なので、ピエモンの冒険者ギルド経由の強制招集は、ランクが足りていても本人の意思で拒否できる。

冒険者の保身は自己責任ではあるが、こういった強引な依頼の強制については冒険者側が一方的に不利にならないようなシステムになっている。

「で、どうする？　調査なら引き受けるけど？　いきなり討伐行けっていうなら、御縁が無かったということで」

ニッコリと営業スマイルをピエモンの兵士に送る。

「数がいれば討伐可能って言うならやってみるといいんじゃないかな？　リックトータスに攻撃が

通せる者が、集まるっていうならね？　俺はそんな割に合わない依頼は、冒険者として断る権利を行使するけどね」

「リックトータスに傷を付けられる技量の者がそうそういるわけないだろ！　だからこうしてギルドに依頼してるんだ!!」

「わかってんじゃねーか。攻撃通せない奴が何人集まっても、リックトータスは倒せないんだよ」

威圧を込めて兵士を睨むと、兵士は息を呑んで一歩後ろに下がった。

そーだよ、技量がない者が大勢でごり押ししても意味が無いんだよ。そんな奴らをぞろぞろ引率して、手柄に貢献して報酬もそいつらと分ける事になるのは、割に合わない。

魔物の範囲攻撃に巻き込まれて何もできないまま壊滅状態になって、それを救援する手間を増やされるとか、こちらの攻撃動線上をうろちょろして邪魔されるとか、役に立たないどころかマイナス要素になる。

通常のリックトータスですら攻撃が通せるかわからない者を連れて行って、万が一稀少鉱石系との戦闘になったとなればこちらまで危ない。

そんなリスク抱えたお守りまでして、報酬はこちらと兵団で折半とか、無い。

「と、とりあえず、調査という形での依頼でよろしいでしょうか？」

空気を読んだギルドの受付のお姉さんが声を震わせながら聞いてきた。

「あぁ、リックトータスは個体によってB～Sって幅があるからね。できるだけ近くまで行って個体の材質確認をしてくるよ」

「は、はい！　でも自身の安全優先でお願いします！　Aランクの魔物調査ですから、Bランク討伐依頼相当の報酬で」

調査の依頼料は、場所や日数にもよるがだいたいは討伐対象の魔物のワンランク下の依頼相当になるのが相場だ。

「了解。ところで領主様の方からは騎士団とか派遣されるのかな？」

「はい。伝令はもう出てると思うのですが、リックトータスが落ちてきたというのが今日の昼を過ぎた頃らしいので、領都までの距離を考えると、あちらの調査隊の到着は早くても明日以降かと。騎士団の本隊の現場到着となると、おそらく明後日以降になると思います。リックトータスの性質次第で、他の町のギルドから高ランクの冒険者の招集をかける事になると思うので、場合によっては討伐隊の派遣に一週間近くかかると思います。その時は討伐隊に参加してもらってもよろしいですか？」

「なるほど、あいわかった。調査後に討伐隊を派遣するようならその時は参加するよ。相手は高ランクの魔物だし夜間の調査は危険だから、しっかり準備して明日の早朝に現地調査に向かうとするよ」

「はい、くれぐれも無理のないように、安全第一でお願いします」

「あぁ、危険じゃない程度にできるだけ近づいてみるよ」

その結果戦闘になって、倒してしまうかもしれないが、それはそれで報酬が調査から討伐に変わるだけだ。

お姉さんから調査依頼の書類を受け取って冒険者ギルドを後にして、キルシェを送るためにパッセロ商店へと向かった。

「ほえー、グランさんって交渉事得意なんですか？」

「んあ？　どうした？」

冒険者ギルドにいる間、後ろで話を聞いていたキルシェが、パッセロ商店に向かう道中で聞いてきた。

「冒険者ギルドの事はよくわからないんですけど、要するにピエモンの兵士側が冒険者ギルドと合同で、リックトータスの討伐に向かおうとしてたのが、グランさんとアベルさんで調査に行く事になったんですよね？」

「あぁ、そうだな」

「この場合、調査の時にもし不慮の事故で、リックトータスと戦闘になって倒してしまった場合はどうなるんですか？」

キルシェの質問に、アベルと顔を見合わせて笑みが零（こぼ）れる。さすが商人、交渉事には慣れているという事か。

「うっかり倒した時は、〝調査〟の報酬が〝討伐〟の報酬に切り替わるだけだ。そして倒した魔物の素材は倒した者で山分けになるか、冒険者ギルドが買い上げて配分になるんだ。つまりな、倒せるなら少人数で倒した方が素材がいっぱい貰えてお得なんだ」

「今回請け負ったのはあくまで調査で討伐じゃないよ？　調査だからね？　無理な戦闘は避けるのが調査だよ？　無理な戦闘はね？」

アベルがわざとらしい口調でニコニコと笑っている。

普通のリックトータスなら問題なく討伐できる自信はあるが、万が一という事がある。相手が耐性の高い鉱石を取り込んだリックトータスでこちらの攻撃が全く効かないことも想定して、失敗しないための保険として調査の依頼にしたのだ。

「で、グラン、勝算は？」

「うーん、オリハルコンとかミスティールとか純度の高いアダマンタイトみたいなので、こっちの攻撃を範囲で完全無効とかじゃない限り、倒せるんじゃないかなぁ……アベル次第」

「え？　俺？　アイツ、魔法が効かないから俺ほとんど役に立たないよ」

「魔法は効かなくても、魔法で倒せるんだよ。まぁ今夜しっかり準備して、その時に作戦は話すよ」

だってあんなん、殴り合うなんて面倒くさいもーん。

そんなんチートな魔道士のアベルに丸投げするに決まっている。

そして、この戦いが終わったらリックトータス料理のフルコースを食べるんだ。

◆◆◆

物理、魔法共に高い耐性を持っているリックトータスの倒し方。

①耐性が高い甲羅部分や手足を避けて、比較的柔らかい頭を狙う。

ただし、リックトータスは身の危険を感じると甲羅の中に引き籠もり、その後は直接頭を狙うのが不可能になる。

②お腹(なか)の部分の殻は甲羅よりは柔らかいので、甲羅の中に引っ込ませた後、ひっくり返してお腹を狙う。

あの巨体をひっくり返すのには手間がかかる、そして腹の殻が柔らかいと言っても、あくまで「甲羅と比べて」なだけなので、実際は結構硬い。そもそもひっくり返せるくらいの大きさなら、ごり押しで殴ってもそんなに苦戦はしない。

③耐性を上回る攻撃でぶん殴る。

リックトータスの成分になっている鉱石より硬い素材の武器、耐性を上回る火力の魔法ならいけないこともない。が、リックトータスの取り込んでいる鉱石の成分次第では全く歯が立たない。

④甲羅の中に爆薬を投げ込む。

素材が傷つくのであまりやりたくない。似たような理由で、毒を使うのも素材に影響が出るので却下。というかサイズ的に毒殺できるほどの量の毒を用意するのは難しい。
⑤水中に落として溺死。
そんな深い場所に沈めると、後で引き上げて素材を回収するのが難しい。むしろどうやって水場まで運ぶんだって話。そもそも近くにリックトータスを沈められるほどの大きな水場がない、つかあんなデカイ物を水に沈めたら水が溢(あふ)れて近隣の水害がヤバイ。

水魔法で作った水で顔の回りを覆って……も、上位の魔物なら魔力で解除してしまうからダメぽ。

とまぁ倒し方は色々とあるが一長一短である。物理でぶん殴って倒せる硬さの個体なら楽なんだけどねぇ。

とはいえ、稀少鉱石を取り込んだ個体を倒して素材が欲しいという欲望もある。

どんなケースでもほぼ対応できる作戦をアベルに伝えたところ、眉を顰(ひそ)められた。

俺としてはそのやり方が一番確実だと思うので、アベルに頑張ってもらうために魔力回復のポーションを山ほど用意して渡しておいた。もちろん、ちゃんとアベルをアシストできるように自分の準備もしっかりしたよ!!

あらゆる状況に対応できるよう想定して、あれこれと仕込んでいたらすっかり遅くなってしまった。だが明日は、俺はサポートに回りながらチートな友人に頑張ってもらうだけだ。

ちゃっちゃとリックトータス倒して、帰ってきたらスッポンフルコースだ!!

翌朝、夜明け前に出発して、空が明るくなる頃にはリックトータスが目視できる場所まで来ていた。

街道でリックトータスを警戒している兵士に、調査依頼の許可証を見せてリックトータスがよく見える場所に陣取っている。

「おー、思ったより大きいねぇ。朝からカツサンドは重いけど美味しい」

「十メートルくらいありそうだなぁ。ここから見える限りだと黒っぽい灰色だなぁ。これから仕事するんだから朝はしっかり食べないと」

まだ朝靄の残る中、俺とアベルは朝食のカツサンドを齧りながら、遠目にリックトータスを眺めていた。

話に聞いていた通り、リックトータスの周りは落下時にできたと思われるクレーター状になっており、リックトータスのいる辺りは特に地面が重量で沈み込んでいる。

そしてそこから這い上がろうと土魔法を使って暴れた痕跡も残っており、その周辺の地面は陥没したり盛り上がったりとガタガタになっている。それは傍を通る街道まで達しており、整備された街道が無残に破壊されているのが見えた。

これを直すのは大変そうだな。空からリックトータスが降ってくるとか、まさに天災。修繕費用を考えて、少し領主様に同情した。

「黒っぽいって鉄とか？」

「いや、銅や鉄だとたぶん赤っぽい事の方が多いと思う、ミスティールだと紫っぽい青だろうし、アダマンタイトやマグネタイトが黒かな？　オリハルコンは実物見たことないけど赤とか虹色とかって聞いたことある。ここまででかいとなると、それなりに高魔力の鉱石を食ってると思う」

遠目に見えるリックトータスを観察しながら、その材質について思いつく鉱石を挙げていく。

金属製の武器を扱うことが多いと、その素材や品質には気を使うので、原料である鉱石にはおのずと詳しくなる。

「アダマンタイトは勘弁してほしいな。魔導士殺しすぎる」

アベルですら眉を顰(ひそ)めるアダマンタイトは、魔力に対する抵抗が高く、魔力をほとんど通さないため、魔導士には天敵の金属である。

高魔力の中に晒(さら)された金属系の鉱石が、長い年月をかけて魔力を吸収し変質して硬質化、かつ高い魔力抵抗を持つようになったのがアダマンタイトである。

「あーもう、リックトータスは面倒くさい亀だね！」

「だが、倒せば今夜の夕飯だ」

さて、今回はあくまで調査という事で請け負っているので、こちらから手を出すのを他人に見られるのはあまりよろしくない。あくまで調査中にリックトータスに敵認定されてしまい、仕方なく処理としたという体(てい)にしなければならない。

「鑑定が届く距離まで近づきたいな」

アベルの鑑定は俺のと違い生物も鑑定できる。リックトータスもアベルが鑑定すれば、材質が判明するはずだ。

「俺は〝隠密〟のスキルで近くまで行くけど、アベルはどうする？」

「ハイドの魔法で行けるよ」

ハイドとは隠密スキルの魔法版のようなもので、存在の希薄化と視覚誤認、認知不可といった効果の魔法だ。

ピエモン周辺は、南北を大きな森に挟まれたその隙間にある平原地帯で、東には千～二千メートル級の山々が連なっている。それを越えた先はオルタ辺境伯領である。西側には大規模な平原が広がり、その先は王都へと続いている。また南の森を越えた先には岩山地帯があり、その更に先には荒野が広がっている。

アベルの予想では、その荒野か岩山辺りから運んでこられたのではないかという事だ。

リックトータスの主食は硬い岩石であり、その中でも魔力を含んだ物を好んで食べる。そしてピエモン周辺は平原なのでそういった岩石がほとんどない。リックトータスは移動が遅く、食料を求めて遠くまで移動するという事はまずない。

じゃあ食料はどうしているかって？

その場で土魔法を使って地面をひっくり返し、岩盤の層を探しているみたいで、リックトータスの周辺の地面が大きく掘り返されている。

そのせいでリックトータスに近づくにつれ足場も悪くなり、時々地面を掘り返す勢いの余波で土の塊や岩の破片が飛んできた。それらをひょいひょいと避(よ)けながらリックトータスに近づいていく。でかいから結構近づいたつもりでもまだ幾分か距離がある。

「ここまで近づけば〝見える〟かな」

リックトータスの土魔法によって盛り上がった地面の陰から、アベルと並んでリックトータスを観察する。

「近寄ってみると濃い青みのある灰色と緑っぽい部分があるな……ウロボタイトか、それか変質した純度の低いアダマンタイトあたりかな？　緑っぽいとこは……ロック鳥が運んで来たって事は地上にいたって事だから、透輝石(とうきせき)系……ヒスイ輝石あたりか？」

わりとこの近場にありそうな鉱石で、思い当たった物を挙げてみただけなのだが。

「あのさ……俺の鑑定いらなくない？」

「ん？　合ってた？」

「うん、だいたい合ってる。ヒスイが混ざってる輝石が主成分っぽいね。あとはグランの言った通り純度の低いアダマンタイト、と他諸々(もろもろ)」

「高純度じゃないなら魔法はある程度通るかな？　ヒスイなら硬いと言ってもまだごり押しでいける範囲か？　ランクはＡ＋でだいたい合ってるってとこか？」

「ある程度って言っても、高純度のアダマンタイトと比較しての話だから、ほとんど魔法が効かないようなもんだよ」

　魔法が効きにくいリックトータスに、アベルが少しむくれている。

「とりあえず、調査的なことはしたな？」

「うん、ちゃんと鑑定もしたしね」

「それじゃあやりますか、作戦は昨日打ち合わせした通りで」

「了解。この距離なら、多少大きな魔法の準備をしても、見張りの兵士には気付かれないかな。じゃあ、亀のヘイトコントロールは任せたよ」

「開幕一回くらいは広範囲に反撃が来ると思うからその時は気合いで避けてくれ」

　一応は調査という名目なので、こちらから仕掛けたのが見つかると面倒くさいので、〝隠密〟スキルを使いリックトータスの頭がよく見えて、なおかつ見張りをしている兵士からは死角になる位置へと移動する。

　リックトータスが暴れても周りに被害が及ばないように、と言うか見張りの兵士達がすぐには駆けつけて来られないように、兵士達がいる位置からはかなり離れた所から攻撃を仕掛ける予定だ。

「ほいじゃ、やるかな」

　収納から大型の弓とそれに合わせた矢を取り出す。今日のために昨夜急ぎで作った得物だ。

　以前から使っていたエンシェントトレントの材木で作った弓を、ミスティールと魔法鉄で補強し、弦はヒポグリフという頭は鷲で胴体は白馬というAランクの魔物の尻尾の毛を金属系のスライムゼリーでコーティングしたものを張った。そして、これでもかというくらいに威力上昇系の付与をしておいた。

強力な付与に耐えられるように魔石やら金属をあれこれ付けて付与を上乗せしたので、結構な重量になった上に弦もめちゃくちゃ硬くなったので、完全に初手の一撃専用である。

これが終わったら普段使い用の弓を作り直さないとな……。

矢は、シャフトの部分はエンシェントトレントの材木から切り出し、鏃はミスティール、矢羽にはロック鳥の羽を使った。威力重視付与と共に、他人やリックトータスに攻撃を見られないための認識阻害の付与もしてある。

昨夜のうちにやっつけで作った装備にしては頑張ったと思うんだ。問題は俺の弓スキルが低い事だが……当たればいいのだよ、当たれば。

鏃には威力上昇の付与の他に、幻影効果が付けてあり、着弾するとしばらくの間は視界を阻害できるはずだ。リックトータスは魔力に対する抵抗が高いので、効果時間は短いと思うが、少しでもこちらに気付くまでの時間が稼げれば問題ない。

以前リックトータスを倒した時は、こちらに気付かれる前に遠距離から弓で頭を撃ち抜いた。鉄成分多めで小振りという、リックトータスでも弱い個体だったので弓で制圧できたが、今回は大きくてかなり硬さもありそうなので、初撃の弓で勝負をつけるのは無理だと思っている。

それでも、幾ばくかリックトータスの体力を削れて、俺の方に意識が向いてくれれば、その間にアベルの魔法で決めてもらう予定だ。

俺の仕事は、アベルの魔法が確実に決まるべく、リックトータスの足止めと、大きな魔法を使うために膨大な量の魔力を操作しているアベルの存在を気付かせない事だ。

矢をつがえて、じっくりとリックトータスの頭に狙いを定め、身体強化を最大まで発動した。弓と矢それぞれに魔力を通しながら、ゆっくりと弦を引いていく。

狙うのはリックトータスの目。最低でも頭部に当たればいい。できれば目に当てて片目を潰しておきたい。それに皮膚より目の方が柔らかいので少しでもダメージを稼いでおきたい。

キリキリと弓を引き絞り、最大まで引いた所で矢を離した。

「いけっ!!」

視覚阻害の付与がされた矢が、俺の手を離れ風属性の付与効果で加速され、リックトータスの左目に突き刺さった。

「よっしゃ」

やはり一撃で仕留めるのは無理だったが、上手く目に矢が刺さり、リックトータスが頭を振るいながら甲羅の中に頭、そして手足もひっこめたのが見えたので、最初の攻撃は予定通り成功だ。

俺はすぐに弓を収納にしまい、次の攻撃のためにリックトータスとの距離を詰めた。まだ隠密のスキルは発動させたままだ。

リックトータスは矢に付与された幻影効果のせいですぐには視界が戻らないはずなので、直後に反撃してくるとしたら、広範囲攻撃だ。

土魔法の広範囲攻撃で予想されるのは地震系だ。

地震攻撃に備えて一時的に少しだけ浮き上がれるように、ブーツに〝浮遊〟の効果を付与してある。ブーツに魔力を通す事によって浮遊効果が発動するが、この効果はとんでもなく魔力を食うのであまり長時間は使えない。

そろそろ地震攻撃が来るかと、浮遊効果を発動させて少しだけ浮き上がるが、何も起こらない。

来ると予想していた反撃が来ないので拍子抜けすると同時に、嫌な予感がした。

地震攻撃を回避した後は、距離を詰めてリックトータスの動きを封じる攻撃に移るつもりだったのが、何となく距離を取りたい気がして、浮遊効果を解いて地面に降り一度離れる事にした。

こういう時の勘には従った方がいいと、冒険者としての経験で知っている。

リックトータスから少し離れた所で、キィンという耳鳴りがして反射的に身体強化のポーションを取り出して飲み干し、更にリックトータスから高速で更に距離を取った。

その直後、体にズシンっと重い物が載るような感覚がして体が重くなり、手に持っていたポーションの空き瓶も鉛のような重さになったので、その場で投げ捨てた。

重力操作の魔法か!?

重力操作の魔法は上位の土属性の魔法だ。ロック鳥に運ばれてきて、上空から落とされてもこの巨体が無事だったのはそれでか！

魔法に対する抵抗力はそこそこ高い方なのと、身体強化で何とか耐えてはいるが、装備が重くなり動きが鈍くなるし、体内の血液にかかる重力も増えているせいで頭痛もしてくる。

「くそ！　重力操作の魔法とかSランク相当じゃねーか！」

重力操作の魔法で重力を大きくされれば、重装備になるほど被害が大きくなる。

全身を金属の鎧で装備を固めているような騎士や兵士、半端にしか鍛えていない者だと簡単にこの重力魔法の餌食になってしまう。ピエモンにいた兵士と合同にしなくて正解だった。

俺は軽装備というほどではないが、ある程度軽さに拘って竜皮と金属製が半々の装備なので、重力魔法の影響はそこまで致命的ではなかった。

重力魔法に耐えつつ体勢を立て直して、仕切り直そうとしたところで、頭と手足を甲羅にしまった状態のリックトータスがガタガタと揺れ始めた。

まずい!!

リックトータスの背中の甲羅には、火山の噴火口のような形をした砲台のようなものが何個もついており、まるで火山が噴火するようにそこから岩石を噴き出して周囲に降らせてくる。この甲羅に閉じ籠もってガタガタと揺れるのはその行動の前兆だ。

重力魔法の効果はまだ続いており、この状況で岩石を降らされて当たると致命的すぎる。

ドーン！　ドーン！　と音がしてリックトータスの甲羅からいくつもの岩石が噴き出した。それがドスンドスンと音を立てて地面に降り注ぐ。

「うおおおお……っ!!」

重力魔法の効果の中ドスドスと降ってくる岩石を避けながら、強引にリックトータスとの距離を詰める。

先ほど使った身体強化のポーションの効果が約五分。それが切れるまでに自分の仕事を完了してアベルに引き継ぎたい。

それに重力操作の魔法は効果が大きいほど魔力を馬鹿喰いするので、そろそろその効果が切れてもおかしくない。リックトータスが岩石を吐き出し終って息切れしているところで、一発入れてやりたい。

降ってくる岩石を、重力魔法の影響で鈍くなった動きで何とか躱しつつ、隠密スキルで気配を消してリックトータスに近づいていく。甲羅の中に頭をひっこめている以上、目視はされないはずなので、気配さえ消しておけば近づくことはできる。

リックトータスが降らせた岩石のせいで、ボコボコになった地面の上をひょいひょいと駆けて、リックトータスに手が届く距離まで近づいた頃には、重量魔法の効果も切れて装備と体の重さも元に戻り、リックトータスの噴火攻撃も打ち止めになっていた。

さて、これで失敗したらアベルにメッチャ怒られそう、……っせーの!!

リックトータスの甲羅の縁に手をかけ、身体強化のスキル最大で持ち上げようと力を込めた。

俺の役目は、リックトータスにアベルの存在を気付かれないようにしつつ、無力化する事。

やはり、びくともしないな。しかし、背に腹は代えられないからアレを使うしかないか。

装備の付与も全て筋力系の身体強化なのだがリックトータスはびくともしない。自力で持ち上げる事を諦め収納から赤黒い色をしたポーションを取り出した。

先日、アベルが狩ってきたグリーンドレイクの血液から作った、身体強化効果のあるポーションだ。ポーションというかほぼグリーンドレイクの血液原液に近い。

竜種の血は秘薬の素と呼ばれ、高い効果のポーションの材料となる。グリーンドレイクの血液には強い回復効果と強い身体強化の効果がある。しかし、人間より遥かに強度のある体の竜種の血液を濃いまま摂取すると、相応のリバウンドもあるのでかなり危険である。

グリーンドレイクの血液から作った赤黒いポーションを一気に飲み干すと、酒精の強い酒を飲んだ時のような感覚に襲われる。喉と胃が焼けるように熱くなり、激しい眩暈と胸やけ——酒酔いならぬポーション酔いである。そしてそれと同時に体中の血液が沸騰するような感覚が込み上げてきた。

「うおおおおおおおおおおお！！！」

先ほどまでびくともしなかったリックトータスの体が僅かに持ち上がり、腹の下に隙間ができた。

それを片手でなんとか支えつつ、反対の手で収納から爆弾系のポーションを数本取り出してリックトータスの腹の下に投げ込み、そのまま体から手を離しその場を素早く離れた。

背後で大きな爆発音がして、小石交じりの爆風に背中を押される。元々防具に付けていた防御系の付与を全て筋力強化系に書き換えているので地味に痛い。

爆風が収まって、リックトータスの方を振り返ると、砂煙の中から爆弾ポーションによって大きく抉れた地面に、横向きに嵌まるような形で埋まっているリックトータスが見えた。結構な火力の爆弾なので素材に傷がつきそうだったが、背に腹は代えられなかった。

「あちゃー、あれでも綺麗にひっくり返らなかったか……でもあれならしばらく何もできんだろ。あとはアベルに……うぐぅっ」

グリーンドレイクの血液から作ったポーションで胸やけがしていたところに、全力ダッシュしたので胃がひっくり返るような吐き気がして、嘔吐してしまった。完全に酔っ払いのソレである。

その直後、足元に魔法陣が出て一瞬で景色が切り替わった。

「開幕一回くらい広範囲攻撃来るかもって、二回来たよね？」

頭の上からアベルの声が聞こえたので、声が聞こえた方を見上げると頭上にローブをはためかせたアベルが浮いていた。

「一回も二回も誤差だよ」

空間魔法で俺を安全な場所まで引き寄せてくれたアベルに、軽く手を上げて応えた。

「リックトータスを動けなくしてくれたみたいだから、こっちも準備できたし後はやっとくよ」

「任せた。保険で持ってきたグリーンドレイクの身体強化ポーションを飲んだらくっそ気持ち悪い」

そう言って、収納から酔い覚ましのポーションを取り出して飲み干し、地面に座り込んだ。

見上げた視線の先でアベルが一度腕を振るうと、明らかに高密度の魔力が動いたのを感じた。その魔力の先には地面に嵌まったリックトータスがいた。

リックトータスの周りを包囲するように立方体の薄い光の壁が出来上がり、もう一度アベルが腕を振るうとぶわりと空気が振動した。

上空で銀色の髪と漆黒のローブを風になびかせて、恐ろしい量の魔力を操りながら、うっすら口の端を上げて微笑(ほほえ)んでいるその整った横顔は、思わず魔王様と呼びたくなる。

「あー……持つべきものはチー友だなぁ」

おそらくもう間もなく終焉(しゅうえん)を迎えると思われる、アベルの一方的なリックトータスへの攻撃を見ながら、ポロリと呟いた。

◆◆◆

「ホント、あんな大規模な空間魔法二つ同時に使えって無茶振りだよねー？　どんだけ魔力を食うと思ってるの？　まぁちょっと余裕あったから、へばってるグランを安全な場所まで引き寄せられたし？　それ合わせて空間魔法三つ同時展開って俺ってすごくない？　褒めていいよ？　しかも二回も広範囲攻撃されたしー？　これはもう、リックトータスのフルコースでいいよね？」

リックトータスが完全に沈黙したのを確認して、地上に降りてきたアベルが前髪を掻き上げながら言った。

足元にはコロコロと空になった、マナハイポーションの瓶がいくつも転がっている。ポイ捨て良くない。

「はい、全力で作らせていただきます」

別につつがなく終わっても、リックトータスのフルコースにはなっていたと思う。

今回のリックトータスは、どう考えてもアベル抜きでは倒せなかったので何も反論は無い。

むしろ作戦がアベルのチート魔法ありきの作戦だった。

リックトータスは物理攻撃に対しても強く、魔法に対しても高い耐性を持っている。しかも、アダマンタイト混じりとなると、高火力の物理攻撃も、高位の魔法もほとんど受け付けなくなる。普通に攻略するとしたら、高ランクの冒険者相当の者を集めて柔らかい部位を狙って、長時間の持久戦に持ち込むしかないような相手である。

だが、そんなリックトータスも生き物である事には変わりない。そして、生き物が生きていくために必要な物、それは空気だ。

アベルはリックトータスの周りを空間魔法で周囲から隔離して、その中の空気を外に転移して窒息させたのだ。

素材に傷がつかずに確実に仕留められて完璧な作戦。空気を抜いて窒息させたから、ちょっと目玉とか口から色々飛び出しているけれど気にしない。

というわけで、リックトータスはほぼ無傷の状態で死体となって地面に伏している。俺の鑑定スキルでも見る事ができるようになっているので、完全に死んでいるようだ。

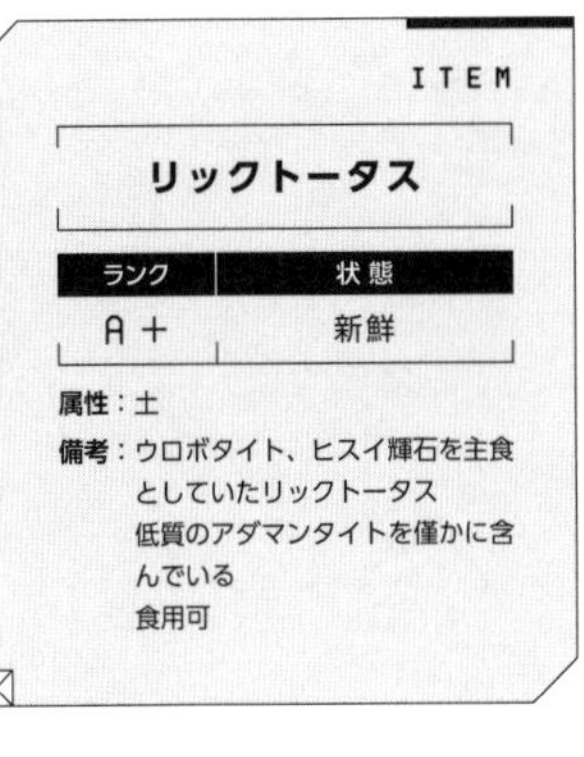

よっし、ちゃんと食用可能だ!!
この戦法を提案した時、この方法ならほとんどの生物は倒せるのではないかと思ったが、アベル曰く、発動に時間がかかるし、魔力も馬鹿みたいに喰うし、隔離できる空間の大きさはせいぜい十メートル四方だし、そこから動いて出てこられたら意味がないので、使いどころは限られるらしい。動きが遅いリックトータスだから通用する戦法だとのこと。

ギリギリいけるサイズとはいえ、十メートル級のリックトータスの体を包囲するような魔法を使うとなると、膨大な魔力が動くことになる。リックトータスに気付かれてアベルが攻撃されてしまえば、大がかりな魔法を使うのが困難になってくる。また、隔離した空間の外に出られても意味がなくなる。

そこでリックトータスの気を逸らしつつ、なおかつアベルの魔法が発動してから抵抗できない体勢にしておくのが俺の役目だった。

酔い覚ましが効いてきて、グリーンドレイクポーションの酔いも醒めてなんとか立ち上がる事ができた。

口の中を水ですすいで水を大量にガブ飲みした。低級でも竜の血液を薄めないでポーションにするのはやめよう。

「あーそういえば、リックトータスをしまっといてくれ。俺が収納持ちなの非公開だし」

「あぁ、もちろんだ。それよりグラン、リックトータス無力化する方法って、身体強化でひっくり返せるサイズじゃなかったら、分解スキルで地面を崩して穴に嵌めるんじゃなかったの？」

あー……。

当初の予定では、小さめのリックトータスを身体強化ごり押しでひっくり返すか、それがダメなら足元の地面を分解スキルで崩して、穴に嵌めて動けなくする予定だった。

その予定だったのだけれど、思ったよりリックトータスがデカかった。この時点で、ゴリ押しでひっくり返す選択肢は消えた。

そして重力操作系の魔法まで使ってきた。どう考えてもSランク級の個体だ。

そして、この大きさのリックトータスを嵌めるくらいの穴を分解スキルで作ろうとすると時間がかかるし、分解スキルの魔力消費は少ないといえど、それだけのサイズになると、流石にかなりの魔力を消費する。

近くで大きな魔力が動けば、隠密スキルで気配を消していてもリックトータスも反応してくるはずだ。リックトータスは息切れをしているように見えたが、万が一にももう一度重力操作の魔法を使われるのは非常に怖い。追い詰められた魔物は何をするかわからない。

分解スキルで足元を崩している最中、または崩し終わった直後に再び重力操作の魔法を使われると、逃げ切れない可能性が高かった。

先ほどは身体強化のポーションとスキルを併用して、大重力下の噴火攻撃をなんとか躱したが、もう一度やられると全て躱し切れるか微妙だった。あんなん絶対に当たりたくない。普通に死ねる。

それに、仕切り直しとなると先ほどのように弓での奇襲もできないし、リックトータスがアベルに気付く可能性もある。

重力操作の魔法を見た時に、分解スキルで足元を崩すのは時間がかかりすぎるのでやめる事にした。

だったら別の方法で穴を開けてしまえばいい。

そう思って、リックトータスの腹の下に爆弾ポーションを投げ込んだ。

爆発の衝撃でリックトータスもひっくり返るだろう。素材に傷がつきそうだけれど、仕方がない。

それに、派手に爆発させておけば、作戦に失敗してもリックトータスはアベルより俺に気を取られるはずだ。

とにかく、アベルがフリーの状態で魔法を使えるようにしなければならなかった。

そして、爆弾ポーションは予想通りの働きをしてくれて、リックトータスは完全にひっくり返らなかったものの、抉れた地面に嵌まってくれた。

予想外だったのは、爆風で飛んでくる小石が痛かったのと、グリーンドレイクの身体強化ポーションのリバウンドが思ったよりキツかったことだ。やっぱ身体強化系のポーションはむやみに使いたくない。

「弓で初手を取るとは聞いてたし、昨夜なんか部屋に籠もってやってたのも気付いてたけど、なんだか予想以上にエグい弓が出てきたし、最後の爆発の正体も、何でそんなポーション酔いしてるのかも気になるから、改めて話を聞かせてね？」

さすが魔法使いというかなんというか、後方からよく状況を見ているな。

「防具全部火力系の付与にして、火力特化の弓使って、体にものすごく優しくない身体強化ポーションと、使いどころに困っていた爆弾ポーションを使っただけかな？」

「まぁ、その話は改めてゆっくり聞くからね。とりあえずあの亀を回収して、警備の奴ら適当にあしらって帰るよ」

今回はアベルに教えていなかったポーションを使ったし、装備も頑張った自覚あるので、後でアベルに根掘り葉掘り聞かれるのは仕方ないな。

って、ああああーーーアベルに言われて思い出した。

この後、調査中に〝突然リックトータスが暴れ出して、仕方ないので〟超頑張ってリックトータスをギリギリで討伐できたって説明をして回らないといけないんだった。

大丈夫、初手をこちらからおもくそ弓アタックをぶちこんだのはバレないように、しっかりと隠密スキルも使っていたし、矢にも視覚阻害の付与しっかり付けていたし、バレてないバレてない。

アベルが空間魔法で倒したリックトータスを丸ごと収納したので、視界からリックトータスの巨体が消えて見通しが良くなった。

遠巻きに見張りの兵士や足止めをされていた人達の姿が見える。突然暴れ始め、倒れた直後に忽然と消えたリックトータスに戸惑っている気配が、離れていても伝わってくる。

さて、言い訳の時間だ。

とりあえず自分達が来たピエモン方面にいる兵士の方へ向かうと、向こうからも複数の兵士がこちらへやって来た。

「おい、何があった!?　何故、リックトータスが消えた!?」

「できるだけ近づいて、リックトータスの材質を調べようとしたら、近づきすぎて隠密スキル見破られてしまって暴れ始めちゃって。いや、ホント、俺のスキル不足っす。それで逃げられるような距離じゃなくてやばかったけど、A級冒険者の彼が何とか倒してくれて、事なきを得たみたいな？いや、ホント死ぬかと思いましたよ!!」

　自分でばらまいた爆弾ポーションの爆風で、装備が程よく埃と傷にまみれ、髪の毛もぼさぼさになっているので、たぶんそれなりに説得力があるはず。そしてA級冒険者のアベルが倒したことを強調した。

　ついでに、あんだけ派手に爆発させたから、爆発で倒したと思われているかもしれない。それなら、余計な説明の手間も省けて丁度いい。

「リックトータスの死体は彼が空間魔法で収納しました」

「収納だと!?　あの大きさをか？」

「あぁ、リックトータスは俺が倒して、死体も俺が収納したよ。王都の冒険者ギルド所属のAランクのアベルだ」

　アベルが取り出した金色のギルドカードがキランっと光る。

「Aランクで空間魔法持ちだと!?　魔導士か？　リックトータスには魔法が効きにくいと聞いたが？」

「効きにくいだけで効かないわけじゃないよ」

うん、魔法で倒した事には変わりないから、アベルは嘘は言っていない。

兵士と話していると、遠くから馬が駆ける音が複数近づいてきているのが聞こえた。

「この辺りでリックトータスが街道を封鎖していると報告を受けて、ソーリスから来た調査隊だ。街道が破壊されてはいるが、そのような魔物の姿が確認できないのはどういうことか、説明できる者はいるか?」

見るからに「騎士!」という風貌の一団が、馬上からこちらを見下ろしながらやって来た。後ろには冒険者のパーティーらしき者達を従えている。

ソーリスって確かピエモンの属するソートレル子爵領の領都だったよな? ということは、領主様から派遣されてきた騎士隊と冒険者ギルド合同の調査隊ということかな?

ここで鉢合わせするとはタイミングが悪いのか、それともリックトータス片づけた後で良かったと言うべきか……。たぶん、後者だな。下手に共闘になって、騎士団と獲物の所有権で揉めるのは厄介すぎる。

チラリとアベルに視線を送ると、頷いたので後はアベルに丸投げしていいという事だろう。それにしてもまた同じ説明をしないといけない事になりそうだな。アベルも少し面倒くさそうな顔をして、現れた騎士達に状況を話し始めた。

「状況は俺が説明しよう。俺はAランクのアベルで一緒にいるのがBランクのグランだ。ピエモンの冒険者ギルドで調査を請け負ってここに来たのだが、突然リックトータスが暴れ始めたので、応戦して倒して死体は邪魔だから空間魔法で撤去したよ」

「倒しただと!? しかもピエモンにAランクとBランクの冒険者がいただと？」

リーダーだと思しき騎士が、にわかには信じがたいといった表情でアベルに詰め寄った。

「たまたまピエモンにいただけだよ」

「しかしリックトータスを空間魔法で撤去するなど信じがたいが？ そもそも空間魔法の使い手が稀少すぎてこんな田舎にいるはずが……」

「何？ 疑ってるの？ ここでリックトータス出していいなら出すけど？」

騎士の言葉に、剣呑な空気が流れ始めかけた時、騎士の後ろから甲高い女性の声がした。

「あーーーー!! もしかして王都ギルドの『白夜の魔導士』アベル様!?」

騎士団の後ろにいた小柄な女性の冒険者がアベルを指さして声を上げた。というか、なんだそのだっさい二つ名。プププ。

見ればアベルも、ものすごく微妙な顔をしている。

「なんだ知り合いか？」

リーダーっぽい騎士が冒険者の女性の声に反応した。

「いえいえいえ、違います。知り合いとかじゃないですけどその人……その方は王都周辺で、とても有名な大魔導士様ですよ!!」

まぁ、アベルは有名だろうなぁ。見た目もいいし、実力もあるし、王都にいた頃から指名依頼も多かったし、女にもめちゃくちゃモテていたし。王都の冒険者ギルドに出入りしている奴らだと、アベルを知らない奴なんてほぼいなかった。それにしてもこんな田舎の地までアベルの名声が届いているのか。さすがイケメンチート野郎。

しかし、『白夜の魔導士』だっさい二つ名だな。ププププ。

「一緒にいるのはもしかして『紅蓮(ぐれん)の猛獣使い』のグラン様では!?」

「は?」

「プッ」

なんだそれ? 俺のことか!? 名前は合っているけれど全くもって猛獣使いでもないどころか、ペットすら飼った事ない。

というか隣でアベルが噴き出した後、肩を震わせている。うっせぇぞ。

「確かに俺の名前はグランだけど、猛獣使いではなくて、ただの物理で殴る系だけど?」

「やっぱりグラン様ですよね!? 王都のギルドの屈強な冒険者の方々はじめギルドの職員、町の衛兵まで次々と餌付けする姿は、猛獣を飼いならして手玉に取る飼育員のようだと噂(うわさ)の!!」

な ん だ そ れ は ！ ？

確かに王都のギルドにいた頃は、作りすぎた料理お裾分けしていたし、町を巡回している兵士とは仲良くしておいた方が色々と融通が利くので、賄賂(わいろ)ではないけれど顔見知りにはたまに差し入れくらいしていたけど……。

いや、それよりその妙な二つ名はやめてほしい、というかどこでどう広まっているんだ!? しかもアベルの視線が、なんだか生温(なまぬる)いのは気のせいか!?

「彼らは著名な冒険者なのか？」

「はい！　王都では有名な方々で、ファンクラブもありますし、お二方ともドラゴンスレイヤーの称号をお持ちと聞いたことあります」

ファンクラブとかあんのか……さすがだな、アベル。

ちなみにドラゴンスレイヤーとは、Sランク以上の竜種討伐履歴のある者に、冒険者ギルドから贈られる称号だ。冒険者ギルドからドラゴンスレイヤーに認定されると、ギルドカードの裏側にそれを証明する紋章が刻まれる。

まぁ、俺の場合アベルの所属していたパーティーに金魚の糞として加わって、おこぼれで貰ったドラゴンスレイヤーの称号なのだが。

「ドラゴンスレイヤーというのは本当か？」

「グラン共々本当だよ」

アベルが騎士にギルドカードの裏側を見せたので、俺もギルドカードを出して裏側を見せる。

ギルドカードの裏側には、Sランク以上の魔物の討伐履歴が記載される事になっている。ただし、証拠品と揃えて申請した分だけなので、記載されていないものもあるのが普通だ。アベルのギルドカードの裏側を見た騎士の表情が強張(こわば)っているのが見えた。

まともに申請していたら、アベルのギルドカードの裏側は記載し切れなくて溢れていそうだな。

「な、なるほど。あいわかった。リックトータスは君達が始末して、もうここ一帯にはその脅威はないということだな」

「そういうことになるね」

「では、その旨を領主様に報告しておこう。後日改めてギルド経由で詳しい報告書と、討伐証明を領主様の元へ届けてくれ。受理され次第報奨金の支払いが行われるはずだ」

「了解した。では詳しい報告は、ピエモンに戻ってギルド経由でさせてもらうよ」

「よろしく頼む、今回は速(すみ)やかな討伐感謝する」

拍子抜けするくらいあっさり話がついた。

たまにあれこれと難癖(なんくせ)をつけてくる面倒くさい騎士や貴族もいるのだが、ソートレル子爵領の騎士はまともな人でよかった。逆にここまであっさりだと、肉欲しさに少しズルい事をしたので、罪悪感すら湧いてくる。

まぁ、倒した方に素材を引き取る権利があるといっても、リックトータス程度の素材だと高額なミスティールとかオリハルコンクラスではないと、騎士団で討伐隊を組んで派遣するより冒険者ギルドに依頼して手早く処理できた方が安上がりそうだ。

「ちなみに、リックトータスの材質は何だったかわかるか?」

「純度は低いがアダマンタイトと、ヒスイ輝石かな？　ロック鳥が運んできたって聞いたけど、この辺りだと南に岩山や荒野があるから、その辺にリックトータスの生息域があるんじゃないかな？」

アベルの言葉に、騎士のリーダーの眉毛がぴくりと動く。

「なるほど、領主様にはそのように伝えておこう。情報感謝する」

「いえいえ」

いつもの胡散くさいスマイルでアベルが返事をした。

リックトータスは倒した俺らが引き取る代わりに、それがどこから運ばれてきたか推測を伝える。つまり、リックトータスが食料としていた鉱石があると思われる場所だ。

調査のはずみで倒してしまったという事にはなっているが、領都から派遣されてきた調査隊は無駄足になってしまったと言えなくもないので、リックトータスはこちらが引き取る代わりに、新たな資源の可能性のある情報を伝えて、彼らを手ぶらで帰させず面子(メンツ)を保ってもらえば後々に残す遺恨が少なくて済む。

もともと、調査と言いつつ討伐するつもりで来ていたので、少し後ろ暗いところもある。アベルのギルドカードを見られたので、調査なしで討伐できたのではと追及されてもおかしくない。よって、これで手打ちにしてくれよって意味でもある。

「あ、アベル様！　グラン様！　記念に握手してください！」

俺達の事を知っていた小柄な女性冒険者が別れ際に握手を求めてきた。記念ってなんだ？　記念っ

て。

「君のおかげで話が楽にまとまったよ。ありがとう」

「またどこかで会うことがあったらよろしく頼むよ」

彼女がきっかけで話もスムーズに終わったのはよかった。しかし妙な二つ名を付けられている事実を知った。

「えへへ～、ありがとうございます！　帰ったらファンクラブのみんなに自慢して会誌にも投稿するんだ」

会誌まであるのかよ！　おそるべしアベルファンクラブ!!

◆◆◆

リックトータスの出現現場にいたピエモンの兵士と、ソーリスから来た騎士に説明を終えたので、アベルの転移魔法に乗っかってピエモンまで帰ってきた。

リックトータスが居た辺りは道がボコボコになっていたが、邪魔なリックトータスは撤去されたので、早々に街道は補修されるだろう。

さて、次は冒険者ギルドに報告だ。また同じような説明をしないといけないと思うと、面倒くさくてこのまま家に帰りたくなる。

まぁ、肉を独り占めしたさに調査と言いつつ討伐してきたのだから仕方ない。はぁ、早く帰って肉食べたい。

ピエモンに戻ってきたのは、昼前だった。

ギルドでの報告やリックトータスの討伐完了の手続きや、後始末で時間を食いそうだったので、先に軽く腹に物を入れてから、冒険者ギルドへと向かった。

事後報告の作業が面倒くさいのは、どこの世界も似たようなものなのかもしれない。

ともあれアベルと共に冒険者ギルドに戻ると、ギルドの受付嬢に驚いた顔で迎えられた。

「え？　まさか今から出発ですか？　ずいぶんボロボロですけど何かトラブルでもあったのですか？」

ん？　何か勘違いされていないか？

「帰ってきたとこだけど？」

「ええ？　調査、もう終わったのですか!?」

「結構朝早く出たし、アベルが転移魔法持ちだから移動時間も削れたんだ。ていうかリックトータスが暴れ始めて、仕方なく応戦してなんとか倒した。転移魔法で戻ってきたから、現場からの報告が来るのはもうちょっと後だと思うよ」

戻ってくるのが早かったからまだ出発していないと思われたのかな？　まぁ調査もほどほどに倒

してしまったから、移動をアベルの転移魔法に頼ったとしても半日ほどで戻ってきたのは早すぎたかもしれない。

　とりあえず全部アベルのせいにしておこう。

「えっ？　えっ？　倒した⁉　リックトータスをですか⁇」

「うん、調査中に隠密スキル見破られて攻撃されたので応戦して、手間取ったけど最終的にアベルがとどめ刺をした。それでこの有様だよ」

　程よくボロボロになって汚れている装備を大袈裟（おおげさ）に見せつけて、苦戦アピールをする。

「で、では、討伐したリックトータスの死体は現地ですか？　討伐証明できるものがあれば、すぐに依頼内容を調査から討伐に切り替えて報酬の手続きをします。なければ、現地からの報告とリックトータスの死体を確認してからになります」

「リックトータスの死体なら俺が空間魔法で持って帰ってきてるよ、広い解体場あればそこで出すけど？」

「え？　持って帰ってきている⁇　空間魔法？？？」

「ねぇグラン？　解体場を借りられるならそこでリックトータス解体しててよ。その間に俺が報告とか交渉とかしてくるから」

「あぁ、そうだな。解体場を貸してもらえるなら俺が解体するよ」

「ええ？　大型の魔物向けの解体場はありますが、リックトータス解体できるんですか⁉」

「たぶんできるんじゃないかなぁ……ロック鳥よりは小さいし」

こないだアベルが持ってきたロック鳥は、今回のリックトータスよりも巨大だったが、うちの敷地が広いので何とか解体はできた。

しかし、やはり冒険者ギルドの解体場のような専用施設でやる方が、設備や道具が揃っていてやりやすい。手数料がかかっても間借りできるのなら、ギルドの施設でやってしまいたい。

「比較対象がおかしい気がします……が、解体場はお貸しできます。では、私はギルド長を呼んで参ります。他の者に解体場に案内させますので、そちらでお待ちください」

俺達の対応をしていた受付嬢がギルド長を呼びに行ったため、別のギルド職員に解体場へと案内された。

狩った獲物は小型なら解体は楽なのだが、大型の獲物や解体そのものが苦手な人は、冒険者ギルドに頼めば手数料はかかるが解体してもらえる。

また自分で解体はできるが解体する場所を確保するのが困難な時も、施設を有料で借りる事ができる。

解体用の便利な道具も揃っているので、大型の魔物や多数の魔物をまとめて解体する時は、施設を借りると快適に解体できる。解体した物を保存するための保存袋や瓶もその場で売ってもらえるのでとても便利だ。

王都の冒険者ギルドの解体場は、王都の地価が高いためやや手狭だったが、田舎で土地の安いピエモンの解体場は広々としていた。

「それじゃ出すから離れて」

その広々とした解体場に、ドーンとリックトータスの死体が放り出されると、近くにいた冒険者ギルドの職員から感嘆の声があがった。

空気を抜いて窒息死させたので、俺が投げつけた爆弾ポーションで腹の辺りが少し煤けている以外は、ほぼ無傷で非常に状態がいい。

大型の魔物は体力があるため長期戦になる事が多いので、戦闘で素材が傷つきやすい。当然のように傷が少ない方が価値は高いので、装甲の硬く長期戦になりやすいリックトータスの死体がほぼ無傷なのは貴重だ。しかもアベルが空間魔法で持ち帰ったものなので、倒してからの時間経過もほぼなく鮮度も最高である。

「さぁて、始めますかー」

リックトータスは、肉は食用、血液と内臓は調合用、甲羅や表皮、爪、骨は装備品への加工など、ほとんどの部位が素材として利用できる。肉はあまり食べないらしいが、鑑定すると食用可って見えるし、実際食べてみるとぷりぷりとしてとても美味しい。無駄になる部位がほぼない魔物だ。

まずは血抜きから。血液を素材として使わない魔物なら、血抜きしてそのまま血液は捨ててしまえばいいし、血液が素材になる魔物でも小型なら吊して血液を回収するのはそう難しくない。しかし大型の魔物になってくると血液を回収するのは非常に手間がかかる。

以前グリーンドレイクを解体した時は、部位ごとに細かく分けて血を回収したので、とても面倒くさかったわりにあまりうまく回収できなかった。だが、今回はギルドの血抜き用の魔道具を使わせてもらう。

血液を抜き取るための大きな注射針が付いた魔道具で、抜き取った血液を溜める瓶が装着できるようになっている。プスリと注射針を刺して、スイッチになっている魔石を起動させると、あとは勝手に瓶の中に抜き取られた血液が溜まっていく。とても楽ちんで便利だ。

この魔道具、結構いいお値段らしいが、本気でうちに一個欲しい。というかうちの敷地に解体場を作るのもありかもしれない。いや作りたくなってきた。よし作ろう。


そんな事を考えているうちに、一本目の瓶がリックトータスから抜いた血液でいっぱいになったので、魔道具の本体から外して蓋をして次の瓶を取り付けて血抜きを再開する。これをひたすら繰り返して、リックトータスの血液が少し大きめの瓶に二十四本分ほど採取できた。

ちなみにこの血液を保存しておく瓶は、ポーションの瓶と同じく中身の劣化防止のための〝停滞〟の効果が付与されている。少しお高いけれど、冒険者ギルドで買う事ができる。

さて、血抜きが終わったところで本格的に解体するために、マジックバッグからアダマンタイト製の大型のナイフを取り出した。

「おう、マジでリックトータス持って帰ってきてたのか、しかも自分で解体か」

背後から野太い声がして振り返ると、無精髭を生やした褐色肌のむきむきマッチョマンの、いかにも冒険者ですって風貌のおっさんが立っていた。

「ギルドマスターのバルダーナだ。お前達がリックトータスの調査に行ってそのまま倒してきたって冒険者だな？　BランクのグランとAランクのアベルだったか？」

「ああ。俺がグランであっちがアベルだ。それで、リックトータスにとどめを刺したのはアベルだ」

「へぇ、王都のAランクの魔導士だったか？　その年でリックトータスを倒すほどの魔導士か、それもかなり綺麗な状態で。たいしたもんだな」

「弱ってたところにとどめ刺しただけですよ」

ギルドマスターのどこか探るような視線を受け流しながら、アベルが答えた。

「まぁいいさ、昨日は俺が休みで初動の対応もグダグダになってたからな。お前らがちゃっちゃと倒してくれたおかげで、冒険者ギルドの手柄になったしな。ピエモンの兵士や領主様んとこの騎士と、手柄と分け前の取り合いを避けられたからよしとしよう」

なんとも食えない雰囲気のギルドマスターである。これは多分、最初から倒すつもりだったのバレていそうだな。

見た感じ冒険者歴は長そうだし、ランクも高そうだ。年季も入っていそうだし、若輩者の考えることくらい読んでいそうだ。

「それでだ、リックトータスの素材はどうするつもりだ？　これは純度の低いアダマンタイトだよなぁ？　不要分でいいから売ってもらえるなら有り難いところなんだが？」

冒険者ギルドは、依頼の受注仲介の他にも、冒険者が倒した魔物の素材を買い上げ、それを商人や職人に売り捌くという事でも利益を上げている。ランクの高い魔物の素材は稀少で利率も高いので、ギルドからしてみたら買い取りたい素材だ。

「自分で使う分を取ったらそれ以外なら売ってもいいかな？　アベルは？」

「魔法の妨害になるからアダマンタイトなんていらないよ」

「ですよねー。というわけで俺が欲しいのは肉と肝と血かな？　他は全部は要らないな……そうだな半分くらいなら売ってもいいかな？」

ホントは収納空間の中に突っ込んでおけばいいし、貯めておいてもいいのだけれど、今後ピエモンの町を拠点にするなら冒険者ギルドとも上手い事やらないといけないしな。

付け届け重要。

「ならそれで買い取りの見積もりを出しておこう。ところでリックトータスの肝は薬用なのはわかるが、肉と血なんて何に使うんだ？」

「食べようかなって」

「食べるって亀をか!?」

「前に食べてみたらそこそこ美味かったので」

「なるほど……よく食べようと思ったな？」

やっぱリックトータスって食べる習慣ないのか。

「鑑定したら食用可だったので」

「なるほど　血は薬調合用か？」

「それもあるけど、酒で割って飲んだり？」

「えぇ……飲む？」

ドン引きされている気がする。やっぱ前世の感覚で生食しようとすると、こういう反応よくされるんだよなぁ。

「強いお酒で割ると殺菌されるので大丈夫かな？　心配なら浄化の魔法を掛ければ」

「へ、へぇ……」

リックトータスの血液の効果って、このギルドマスターくらいの年齢だとすごく需要ありそうなのだけれどなぁ。

「ところで、このままここで解体作業を見学しながら報告書作っていいか？　そこに机もあるし書類も持ってきた。報告はアベルから聞けば問題ないな？」

「あ、あぁ」

最初から俺が解体している間に、アベルに報告行ってもらうつもりだったから何の問題もないのだけれど、ここでやるのか。

「リックトータスを自分で解体するっていう冒険者なんて珍しいというか初めてだからな。王都のギルドからピエモンに移籍してきたグランだったたな？　王都のギルドマスターとは昔同じパーティーだったんだよ、今でもたまに連絡は取ってるんだ。最近、料理が得意な冒険者が急に王都からどこかへ引っ越して、王都の冒険者ギルドの食事事情が悪くなったと嘆いていたな」

んん？

「いやー、王都と言ったら美味い店も多いのにな？　それを差し置いて、王都のギルドマスターを餌付けする奴の料理とか、一度食ってみたいものだな！」

んんん？　それって俺の事だよね？　ついでにお強請(ゆす)りされてる？　ん？　アベルが半目でこちらを睨んでいるけれど俺何も悪い事していないと思うけれど？　まぁいいや、今度何か差し入れをしておこう。

おーーーー!!　すげぇーーー!!　めっちゃサクサク解体できる!!

俺は今、めちゃくちゃ感動している。

冒険者ギルドの解体場で借りることのできる解体専用の道具のおかげで、巨大なリックトータスを思いのほか簡単にスルスルとバラすことができた。

解体場で借りる事のできる道具の中には、硬い鉱石を処理するための魔道具や、皮を綺麗に剥がせる魔道具など解体専用の魔道具が揃えられていた。時々解体場の職員の人に使い方を説明してもらいつつ、非常に快適にリックトータスを解体できた。

解体場の職員の人もリックトータスに興味があったのか、手の空いている時は解体を手伝ってくれたので、作業の進行も速かった。

というかプロ解体員の手際の良さすげー。

解体の時はいつも、アダマンタイト製の大型のナイフでやっているのだが、専用の魔道具があると、硬い部分を分解するのも皮を剥がすのもスイスイと進んだ。

硬い甲羅もパカーンと綺麗に上下に分けて外す事ができた。スムーズに解体できるので、素材を傷つける事も少なくていい。甲羅は上手く剥がせそうになかったら、剣で力任せに叩き斬ってやろうと思っていたので、専用の道具で綺麗に解体できてよかった。やっぱ道具って大事だな！！

自宅にプライベート解体場を作るまで、大型の魔物を解体する時は冒険者ギルドの解体場を使わせてもらおう。

「おー、あのくそデカいのをこの短時間で随分綺麗に解体したな　うちの解体場で働いてもらいたいくらいだ」

解体が終わった頃に、隅のテーブルでアベルと話していたギルドマスターがこちらにやって来た。

「報告はもう終わったのか？」

「あぁ、領主や役所への報告書も終わった。報酬はＡ＋討伐相当の報酬を口座に振り込みにしてもらったよ」

ギルドマスターと一緒にアベルもやって来た。

「じゃあ、あとはリックトータスの素材の分配だけだな。リックトータスの甲羅と皮、爪と骨は半分ギルドに売るよ。代金は全部アベル宛で、残りは素材のまま俺が貰う。それと、肉と血と肝は俺がもらう代わりに魔石はアベルに渡す、それでいいかな？」

「肉とか血とか肝を合わせても魔石の方が価値高そうだけど？」

「んー、ほとんどアベルが倒したようなもんだし、俺はそれでいいかなって」

「わかった。じゃあ魔石は俺が引き取って、そのままギルドに売ってしまおう」

「お、それはありがたいな。うちのギルドでは高ランクの魔物の魔石なんて、滅多に買い取れないからな」

魔物からは強さのランクに比例したサイズの魔石が採れる。魔石は魔道具の材料や燃料になったり、魔術の触媒になったりするので非常に需要が高い。高ランクの魔物になるほど高い魔力を含んだ魔石が採れるので、その魔石は高額で取引されている。

リックトータスの素材の山分けも終わり、代金を受け取って冒険者ギルドを後にした。

さて、この後は戦利品のリックトータスの肉で打ち上げだ。キルシェも食べてみたいって言っていたから、店に顔出しに行かないとな。

◆◆◆

そんなわけで、冒険者ギルドを後にして、パッセロ商店へとやって来た。

「いらっしゃいませー……ってグランさんとアベルさん！」

店の中に入ると店番をしていたキルシェが出迎えてくれた。

「やぁ、昨日ぶり。無事リックトータス倒して、捌いて肉を持ってきたから、都合のいい日を教えてくれたらご馳走するよ」

「昨日の今日でもう倒しちゃったんですか!?　ていうかグランさんずいぶんボロボロだけど大丈夫なんですか!?」

そういえば、装備汚れたままの方が苦戦したアピールになるかなって、汚れ落とさないで冒険者ギルド行ってそのままだった。しかもリックトータス捌いた時に更に汚れたしな。

汚れているどころか臭そう。解体作業終わった後に、アベルに浄化の魔法を掛けてもらっておけばよかったな。

「あーごめん、リックトータスやった時のままで来たから汚れたままだった。店が汚れるし、他のお客さんの迷惑なりそうだからすぐ退散するよ」

「いえ、それは大丈夫ですけど、リックトータスってすごく強い魔物なんですよね？　怪我とかは大丈夫なんですか？」

「あぁ、それは大丈夫だよ。防具がちょっとボロボロになっただけで、これも修理すればすぐ直るし」

防具の付与を筋力強化特化にしたせいで、防具の強度が下がってしまった状態で爆風に巻き込まれたので、見た目が無残な事になってしまっている。

「そうですか、それならよかったです。あ、都合のいい日でしたら、明後日の〝神の日〟が定休日なので明後日とかどうですか？」

「じゃあ、明後日の昼にうちの庭で、リックトータスでランチパーティーをしようか」

「ほえええええ～、グランさんちってアルテューマの森の近くって言ってましたよね？」

「ああ、あの森そんな名前なのか～。確かに森の目の前だよ。じゃあ明後日の昼前に迎えに来るから、アリシアも一緒に来るといい。ご両親はまだ無理そうかな？　リックトータスの肉は滋養強壮の効能もあるから、病み上がりのお父さんにもいいかもしれない」

「ねーちゃんは夕飯の支度に行ってるので後で聞いてみますね、たぶん行けると思います。でもとーちゃんはちょっとまだ無理そうかなぁ。かーちゃんも付きっきりなので……」

「そっか、じゃあお土産に包める物を用意しとくよ」

「わざわざ気を使ってもらってありがとうございます」

「いやいや、キルシェ達にはこっちもお世話になってるしね。じゃあ明後日迎えに来るよ」

「はい！　グランさんの家に行けるの楽しみです！」

「ははは、だだっ広いだけの中古農場だよ」

パッセロ商会を出た後は、アベルの転移魔法に乗っけてもらって帰宅。日が西の山にかかり空が赤くなり始めていた。

帰宅して装備を外して、まず風呂で汚れを落とした。昼飯は軽く済ませたので腹は減っているが、それより風呂で汚れを落としたかった。

「さて、リックトータス料理を作るかー!!　預けてる肉と血と肝を出してもらえるかな？」

風呂から出て、アベルに預けていた素材を出してもらう。

「了解、皮とか甲羅とかは後で倉庫の方に出しておけばいい？」

「助かるー、よろしくったー。料理できるまでしばらくかかるから、アベルも風呂入ってゆっくりしててくれ」

「そうさせてもらうよ。今日は魔力もいっぱい使ったし、昼も少なかったから、もうすごくお腹が減った。いっぱい食べるからよろしく」

俺もそうだが、魔力を使うととにかく腹が減る。

アベルは魔導士だし、日頃からレア魔法垂れ流しで使っているから、ひょろひょろと細いくせに、めちゃくちゃよく食べる。たぶん俺よりも食う量が多い。

今日は、アベルには大きな魔法を複数使ってもらった上に、移動もアベル頼りだったので、涼しい顔をしているが相当魔力を消費しているはずだ。

夕飯はいっぱい食べそうだから、しっかり腹に溜まる物を用意しよう。

アベルが調理場から出て行ったので、作業に取り掛かろうとすると、窓の外に見慣れた角が見えた。食い物の気配に敏感なシャモアもやって来たようだ。毎度空気を読んで、きのこ類を持ってきてくれるのが地味にありがたい。

◆◆◆

最初にリックトータスを食べようと思ったきっかけは、前世の記憶だった。

リックトータスの肝は薬調合の材料になるのだが、その効果が前世の記憶にあった〝スッポン〟と呼ばれる、亀に似た高級食材と似ていたのがきっかけだった。

リックトータスの肝には強い強壮作用と興奮作用がある。前世の記憶にある〝スッポン〟も食するとそれに近い効果があると言われていた記憶があった。それでリックトータスの肉を鑑定してみれば〝食用可〟と見えた。血液も鑑定してみたが、こちらも食用可だった。

まぁでも、そのまま生食は少し怖いので、肉はしっかり火を通して、血液は酒精の強い酒で割って飲んでみたのだが……。

その結果、前世のスッポンどころの効果ではなかった。

魔力を含む食材は、料理に使うと効果はポーションほど高くないにしろ、身体に影響する効果がある物が多い。

以前ダンジョン内で小型のリックトータスと出くわして、倒した時に試食してみたのだが、肉の方は、体感としては僅かに体力を回復して疲労感が軽減されたかな？　程度の効果だった。

血液の方は酒と混ぜて飲むため、ダンジョンで飲まずに帰還後に試飲してみたところ、とんでもなく強い強壮作用と興奮作用のせいで、〝大人のお店〟に駆け込む羽目になった。ダンジョン内で飲まなくてよかったよ、ホント。

そういうお店のお世話になるのは、前世と今世通して初体験だった。背に腹は代えられなかったんだよ。

ちなみにその時の血液の残りは、そちら系にお悩みがある方が高値でお買い上げになってくれた。

今回はその時の失敗を繰り返さないために、リックトータスの血液自体は少なめにして、ワインで割る事にした。ワインだと酒精が弱いので、血液は魔道具でしっかり浄化しておいた。

この世界では、肉や魚や卵を生で食べることに馴染(なじ)みがない。運搬技術や衛生管理、保存技術が前世ほど水準が高くないから仕方ない。

むしろ前世で俺が住んでいた国の人間が、生食好きすぎだったのだろう。

しかし、前世の記憶がある俺は、時々生食が恋しくなる。浄化魔法があれば殺菌消毒ができるので、生食もできない事はない。まぁ、俺は魔法が使えないから、浄化魔法ももちろん使えないんだけどね。

最初のうちはアベルに頼んで浄化してもらっていたのだが、毎度頼むのも悪いので、食品を浄化する魔道具を購入して、今はそれを使う事が多い。

ただし、あまり強力に浄化すると味や食感や風味が悪くなったりするのと、魔力が含まれる食材の持つ効果が弱くなったり無くなったりするので、何でも浄化すれば美味しく生食できるわけではない。美味しくなければ、わざわざ浄化して生食なんてする意味がない。

今日の夕食はアベルにリックトータスのフルコースと約束していたので、できるだけ色々な調理法で皿数を増やしてみた。

フルコースと言ってもそこまで本格的なものではなく、あくまで庶民感覚の味付けとメニューだし、俺も一緒に食べるので、レストランのコース料理のように順番に出すのではなく、ずらりとテーブルに全部並べてやった。

テーブルマナー？　平民の俺がそんなもの知るわけがない。

〝郷に入っては郷に従え〟という前世のことわざにできるだけ従って生活しようと思うのだが、前世の記憶の影響でどうしても〝箸(はし)〟がない生活が耐えられず、普段の食事にはフォークとナイフより箸を使う事が多い。そんな俺の影響で、ここに住むようになってから、物珍しさもあり、アベルも箸を使うようになった。

というわけで、今日のメニューだとフォークとナイフより箸の方が食べやすいと思い、フォークとナイフとは別に箸を用意している。鍋のスープを掬う用に木製のレンゲも用意してある。スプーンで鍋は食べにくいかな？　って。

「ふあああ……これまたすごいね。これ全部リックトータスなんだよね？」

いつものように屋外に設置されたテーブルの上に、ずらりと並んだリックトータス料理を見て、アベルが目をキラキラさせている。

その横ではシャモアが、興味深そうに料理を凝視しながら、鼻をヒクヒクさせている。

うちの夕食はほぼ毎晩シャモアがやって来るので、庭にテーブルを出して夜空の下でのディナーだ。彼？　はでっかいから、サイズ的に家の中入るの少し厳しいんだよね……。

雨の季節や雪の季節になる前に、屋根付きでシャモアも一緒に食事ができる場所を作っておきたいところだ。

用意したメニューは、リックトータスの唐揚げ、刺身、熱湯に肉をさっとくぐらせて冷水に晒した湯引き、肉と砂糖と醤油とショウガで煮た甘辛煮、甲羅の縁のゼラチン質の部分――エンペラとキノコのビネガー和え、口直し用のスープ、そしてスッポン鍋ならぬリックトータス鍋。

一つの鍋に入れた料理を全員でつつくという食べ方などこの国にはないので、野営で使う小型の鍋を一人に一つ用意して、携帯用のコンロの上に載せて、それぞれの前に置いてある。他のメニューを食べているうちに煮える予定だ、もちろん最後には米を入れて雑炊にする。

前世の記憶をひっくり返して、スッポン料理の記憶を引っ張り出してきて頑張って作ってみたが、あまり時間もなかったので明後日キルシェ達が来る時は更に本気を出すつもりだ。

「こっちの鍋はまだできてないと思うからまだ開けないで、先に他の物から食べててくれ。けどその前に、食前酒があるけどどうする？」

「それはもしかしてリックトータスの血？」

ガラス製の小型のポットに入った赤い液体こと、リックトータスの血液を見たアベルがぎょっとした表情になる。

まぁ、生食文化のない国だと当然の反応だよね、生食文化のあった前世でも生血はあまり馴染みのある食材ではなかったしね。

「浄化済みだし、ワインで割って飲むから多分大丈夫だよ。ちょっと強壮作用とか興奮作用が強いから、お酒とか果汁で割って薄めにして飲むんだ。美容にもいいし、栄養価も高いんだ」

「グランが言うなら大丈夫なんだろう、頂こうかな」

大丈夫だけれど、飲みすぎると男として大変な事になるかもしれない。まぁアベルとシャモアなら大丈夫だろう。

「ワインで割るなら、このワインを使おう。そのうちグランに、赤ワインに合う料理を作ってもらおうと思って、実家からこっそり持ってきたんだ」

そう言ってアベルが、いかにも高そうな赤ワインを空間魔法で取り出した。

アベルの実家ってお貴族様だよなぁ……きっと庶民の飲むワインの値段と桁が一つも二つも違いそう。

本人は末端貴族の出身だって言っていたけれど、見た目のせいもあってすごく高貴な人オーラが出てるんだよなぁ。平民の俺なんかよりずっと金持ちなんだろうなぁ。ていうかアベルが金持ちなの、日ごろの行いや装備品を見ていると何となく察せるし。

食前酒用の小さなグラスにリックトータスの血液を少量注いで、それをアベルが持ち出してきた赤ワインで割って、それぞれの席の前に置いた。シャモアの分は飲みやすいように少し口の大きめのグラスだ。

血液の割合が多いと生臭くなって飲みにくくなるので、リックトータスの血の量は少なめだ。というか血液の量を増やすと、後で大変なことになって、間違いなくアベルに説教される未来が来る。

消毒の意味も兼ねてお酒で割るので、度数の高い蒸留酒が理想なのだが、今回は魔道具で一度浄化を掛けているので、飲みやすさを優先してワインで割る事にした。

「かんぱーーーい」

アベルと軽くグラスをぶつけて、リックトータスの血のワイン割りを一気に飲み干した。血液なのでやや癖はあるけれど、高価なワインで割ったのもあって口当たりはかなりいい。香りの強いワインだったので、血液の生臭さもそこまで気にならない。

もう一杯飲みたくなるけれど、あまり飲みすぎると後で大変なことになるから自重した。

食前酒を飲み終わったら早速料理を摘(つま)み始めた。

最初はあっさりした湯引きから。醤油とレモン風味のドレッシングがかけてある。

前世の記憶にある〝和風〟の味付けにしたいところなのだが、どうしても揃わない食材や調味料があるので、それに近い物を代用して味付けをしている。薄くスライスしてさっと湯にくぐらせたリックトータスの肉はあっさりした味で、酸味のある爽やかなドレッシングがとてもよく合う。

小鉢ほどの小さな皿に少量だけなので、ペロリと平らげて次の皿へ。

「へー、リックトータスって独特の食感だけど、結構さっぱりした味なんだね。もっと臭くて脂っこくて固い肉だと思ってた。鶏肉に近い感じなのかな？　でも鶏肉よりかなりプリプリしてて歯ごたえもある……食感は竜種に近いけど味は鶏とか兎系ってところ？」

俺と同じく、湯引きから食べ始めたアベルが、初めて食べるリックトータスの感想を口にした。

「うんー、そんな感じかな？　食感はワニ系とかバジリスクに近い感じだけど、バジリスクより全然食べやすい」

「ワニはまだわかるけどバジリスクも食べたの？」

「うん、食用可って見えたからつい……。でもあれ毒抜き大変で、毒抜きしてるうちにどうしても劣化して、あんまり美味しくならなかった。もしかして、調理方法知っている料理人だったら、美味しく食べられるのかもしれない。

「いやいや、そこまでしてあの毒トカゲを食べたいって思わないでしょ？」

「うんまぁ……でも美味しく食べられるなら食べてみたいな。って」

バジリスクとは蛇の王とも呼ばれる魔物で、体中に毒を持つ竜種に近いオオトカゲの一種である。その肉を鑑定したら、毒抜き後は食用可と見えたので色々試したのだが、なかなかうまく毒が抜けず、毒を抜き終わる頃には鮮度が落ちて生臭さだけが残って、非常に食べにくかった。解毒の魔法で肉の毒抜きを頼んでみた事もあったのだが、これもバジリスク自身が持つ魔力と干渉して、毒は消えたもののパッサパサでとても食感の悪い仕上がりになって、結局諦めたのだ。

「リックトータスはわりと淡泊な感じするけど、かなり強い滋養強壮効果のある食材だよ」

「へー、ポーションにしないとそういう効果は、あまり強く出ない物だと思ってた」

「さすがにポーションほどじゃないけど、食べすぎると夜になっても目が冴(さ)えてるかも」

洒落(しゃれ)にならない効果の可能性もあるけれど、フルコースを所望したのはアベルだし、俺も食べたかったしね。

湯引きを平らげて次の皿は、モモ肉のお造りこと、刺身にした。皿の上に氷を敷いて、その上に刺身を盛り付けてあって、ワサビ醤油をつけて食べる。ワサビは以前、シャモアが手土産に持ってきてくれた山菜やハーブの中に交ざっていた。肉はそのまま生食は少し抵抗あったので、魔道具による浄化をしてある。

「それ生肉だよね!?　生で行っちゃうの？　このあいだも魚を生で食べてたよね？　なんなの？　グランは野生の肉食獣かなんかなの？」

リックトータスの刺身を迷いなく食べ始めた俺を見てアベルが声を上げた。アベルは今まで俺に付き合って色々食べてきたけれど、やはり生食はまだ抵抗があるようだ。というか、野生の肉食獣だなんて失礼だな。

「刺身は新鮮な獲物の醍醐味だからね？」

「サシミ？」

あー、刺身って通じないか。

「肉や魚を生でこんな感じにスライスする食べ方の事」

「へー、どこ地方の食べ方？　グランほんとに色んな料理を知ってるよね」

「あ、あぁ。これも醤油を使うから、米とか醤油の産地の方の料理じゃないかな？　昔、旅の商人に見せてもらった本に載ってたんだ」

あぶない、うっかり藪から蛇が顔を出した。

「ちゃんと、新鮮な肉だし魔道具で浄化したし、解体する時にも気を使ったし、ワサビは殺菌作用あるから大丈夫のはず。部位はモモの肉だよ、見た目ほどクセも臭みもないしぷりぷりしてて美味しいよ。気になるなら鑑定してみてくれ、毒性はないはずだ」

「鑑定すると食べた時の楽しみが減る気がするから、グランの料理は先に鑑定しない事にしてるの！」

などと料理する側的には嬉しい事言ってくれているけれど、もし俺が毒を盛ったらやばいだろ。いや、盛らないけれど。というか俺にだってミスはあるから、あまり信用しすぎないでほしい。

アベルが恐る恐るモモ肉にワサビ醤油を付けて、口に運んでゆっくりと咀嚼して目を見開いた。

よっし、イイ反応!!

「ほうー……、もっと魚とか蛇みたいに生臭いかと思ったけど、ずいぶんあっさりしてるね。これなら生でも普通に食べられそうな気がする」

アベルとそんな話をしているうちに、シャモアもペロリと湯引きと刺身を平らげていた。ホントに何でも食うなこのシャモア。

「これ、唐揚げだよね？」

そして唐揚げ大好きなアベルが、リックトータスの唐揚げに手を付け始めた。シャモアも唐揚げが好きそうだったので唐揚げは多めに作ってある。

「唐揚げを食べるとエールが欲しくなるな？　ちょっとエールを取ってくるよ」

前世の記憶に残っている、唐揚げとよく合うビールという酒の記憶のせいで、唐揚げを食べるとビールに似ているエールが欲しくなる。

「エール？　せっかく開けたんだからこのワイン全部飲んじゃお？」

席を立とうとしたらアベルに止められた。いや、そのワインお高いんでしょ？

「えぇ……そんな高そうなワインもったいない」

どう見ても庶民が飲むような酒ではないオーラが出ている。鑑定するときっと後悔しそうなので鑑定はしていない。

「大丈夫だよ、長男の寝酒の一本やそこら持ち出したとこでバレないし」

お貴族のお兄様のお酒だったのね。

アベルがワイングラスにワインを注ぎ始めたので、素直にアベルの持ってきたワインを飲むことにした。

「リックトータスの血のワイン割り、少し癖はあったけどイイ感じだったから、まだあるなら飲みたいな」

あれは、効果が強いので食前酒分しかポットに入れてこなかったのだが、アベルが気に入ってしまったようだ。

「あれはー……飲みすぎると大変なことになるから、食前酒くらいの量でやめといた方が……」

「え、どういうこと？」

「えっと……強壮効果と興奮効果あるって言ったじゃん？　つまりアレ。媚薬(びやく)みたいな精神に作用はしないけど、飲みすぎると男性の場合、下半身元気になりすぎて収拾つかなくなるみたいな？」

食事中なので、それとなーく緩やかな表現で説明する。

「はぁ⁉」

「や、食前に出したのはかなり薄めてるから、たぶん大丈夫！　普通に疲れにくくなるとか、疲労感が緩和されるとか、それくらいだと思うよ」

「うん、まぁ飲む前に鑑定しなかった俺も悪いからな。わかった。グランがそう言うなら、今は食事の席だし深くは追及しないよ。でも明日ゆっくりその話は聞くからね？　血以外の部位は大丈夫なの？　事と次第によってはリックトータスが狩りつくされる事になる危険がある話かもしれないからね」

「うん、たぶん他の部位は料理なら滋養強壮効果くらいで効果もそんな強くないよ。血だけ飛び抜けて効果が高い」

アベルの持ってきたワインはすごく美味しいけれど、やはりリックトータス料理の味付けが前世の記憶に頼ってしまったので、前世で暮らしていた国の酒が欲しくなってくる。

醤油と一緒に手に入れたササ酒はまだ残っているが、この先入手の見通しが不明なので、料理用に温存しておきたい。

「これもリックトータス？　どこの肉？」

アベルが食べているのはリックトータスのエンペラを湯がいて、シャモアが持ってきてくれたきのこと合わせて、白ワインビネガーで和えた物。

「それはエンペラっていって、甲羅の縁の辺りにあるゼラチン質の部分だよ」

「すごいプルプルしてて不思議な食感だ」

「なんでも、その部分は美容にいいとかなんとか」

「へぇ、女性が喜びそうな食材だね。こっちの煮物はショウユで味付けしてあるのかな？　香ばしい辛さと甘みが程よい。最近グランのせいで、ショウユ味の物を食べると米が欲しくなって困る」

次にアベルが口にしたのは、リックトータスの肉を醤油とショウガと砂糖で甘辛く煮た物だ。この手の煮物を食べると米が欲しくなるのは仕方ない。実は米は用意してあるのだが、このあと米で味わってもらいたいメニューがあるのでまだ出していない。

そうこうしているうちに、携帯コンロで温めていた小鍋の蓋が、コトコトと吹き始めた。

「そろそろ、できたかな？　もうコンロの火力を弱くして鍋の蓋取っていいよ」

鍋の蓋を取ると、もあっと湯気が上がった。

中身はリックトータスの肉とシャモアが持ってきてくれたキノコと、ブランラパという前世の白菜に似た野菜を、海藻とキノコの出汁(だし)で煮た物だ。シャモアのとこの鍋の蓋は俺が取ってやる。

「これを食べる前に、スープで口直ししてから食べるといいよ」

と口直し用に用意していたスープを勧めた。アベルとシャモアがスープを飲んでいる間に、鍋の具を浸して食べるために用意した、醤油をビネガーで割ってレモン汁を絞った物を、器に入れて差し出す。

「鍋の中身はこれを付けて食べてね」

「これはスープかい？」

あ、そっか、この国に〝鍋〟なんて料理ないから、スープっぽい物に見えるよね。

「スープとはちょっと違って、具を取ってこっちの器に取り分けて食べるんだ。好みで用意したタレに浸して食べてみてくれ。フォークより箸の方が食べやすいと思うよ」

「なるほど、確かにハシのが取りやすいな。スープはこの深いスプーンで掬えばいいんだな」

「うん、でも後でスープ再利用するメニューがあるから全部は飲まないでくれ」

「何？　まだ追加あるのか？　わかった、スープは残しておくよ」

スッポン――じゃなくてリックトータスだけど――と言えばやはり鍋だ。

お肉はプルプルで癖は少ない、スープはさっぱり上品だけれど、海藻とキノコの出汁にリックトータスの肉の味が溶け出して、イイ感じにしっかりとした味わいになっていて「鍋!!」って感じに仕上がっている。土鍋ではなくて鉄鍋なのが少し残念なのだが。

「こういうふうに鍋から直接掬って食べるのもまた斬新だね。シンプルな味付けなのに食感といい味といいクセになる。ワインとも結構相性がいいね」

　確かにアベルの言う通り、意外と赤ワインに合うな。

「ねぇグラン、これスープ全部飲んだらダメ？」

「この後そのスープは使うって言っただろ？　全部じゃなくていいから半分くらい残しといて」

アベルは鍋のスープが気に入ったようで上目遣いで訴えるが、この後に鍋の醍醐味があるからスープは残しておかなければダメだ。

「えー、この後何があるの？　もうそれいっちゃおうよ？」

せっかちな奴だな!!　と思ったらシャモアもフンフンと鼻息を荒くしながらこちらを見ている。

まぁ具はほとんど食べ終わっているみたいだし、締めの雑炊タイムにするか。

「わかったよ、じゃあこのスープの中に米を入れるよ」

用意していた炊き上がった米をスープが残っているそれぞれの鍋に入れて、最後に卵を割り、ポトンと鍋の中に落として蓋をした。

「このままコンロを中火にしてちょっと待ってて」

鍋の締めは、やはり雑炊に限る。米が見つかってホントによかった。うどんも捨てがたいけれどやっぱ米だよな!!

中身が煮えてコトコトと蓋が揺れ始めたので蓋を開けた。

「スプーンで卵を崩して、一度混ぜて小さい器に取りながら食べるんだ。熱いから火傷に気を付けて」

「え？　卵がちゃんと火が通ってないみたいだけど大丈夫なの？」

「ちゃんと浄化したから大丈夫のはずだ。それにその半熟の卵が美味しいんだ」

「グランがそう言うなら……」

半熟の卵は抵抗あるのか、アベルが警戒しているが、雑炊にはやはり半熟の卵だ。

シャモアの分は食べやすいように浅い器によそってやる。動物って熱い食べ物平気なのだろうか、いや魔物っぽいから大丈夫か？

「なるほど、スープの中にコメを入れてふやかして食べるのか……あっつぅ！！！」

「熱いって言っただろ、冷ましながら食べるんだよ。冷ますつっても間違っても氷魔法とか使うなよ？」

「わかってるよ！　はふぅ……スープがコメに染み込んでて美味しいし、確かにくずれた卵がいいアクセントになってる」

アベルが表情を崩してはふはふ言いながら、鍋の後の雑炊をすすっている。その顔もイケメンなので何だか少し悔しい。

「寒い季節に食べたい料理だね、寒くなる頃にまたリックトータス狩りに行こう。きっと近場にリックトータスの生息地あるよね？」

確かに鍋とか雑炊は寒い季節の方が食べ甲斐がある。それにしても、そんなにリックトータス料理が気に入ったのか。

「リックトータスの生態ってよく知らないけど、寒い時期って冬眠とかしないのかな？」

「あー、どうなんだろう？　リックトータスの出現報告があるダンジョンを調べておくかな。そっちなら確実だよね？」

「どんだけリックトータスを食べたいんだ」

「美味しい物を食べたいと思うのは人間の正しい欲求でしょ」

「そうだな？」

「あ、お肉まだ余ってるよね？　今度は唐揚げいっぱい作ってほしい。やっぱ唐揚げだよね、唐揚げなら毎日でも食べられる」

「唐揚げ好きすぎだろー、醤油味は醤油に限りがあるからあまりたくさんは無理だけど、塩味なら作れるよ」

　醤油の買えた量はそんなに多くなかったので、使いすぎるとすぐ無くなりそうなのだ。

　昨日の五日市では、前にいた東方から来たという商人には会えなかったし、東方の商品を取り扱っている露店も見つからなかった。米はまだあるけれど、いつかは無くなるから、なんとか入手先を見つけたい。

「ショウユかー、コメと合わせて知り合いの商人に聞いてみるよ。まとまって時間取れる時に東に行ってみるから、お弁当よろしく。それともグランも一緒に行く？」

「すごくありがたい。一緒に行って実際に自分で探してみるのもいいなぁ……でもキルシェんとこの店に、ポーションを持って行かないといけないからな。一か月分くらいまとめて納品していいか確認してみるかな」

「まぁ、いざとなったら途中で転移魔法使って、戻ってきてもいいしね」

「うん、でもせっかく遠くまで行くなら、その土地のものをいっぱい見て回りたいしな」

　こうしてアベルと東の方へ行く計画を立てつつ、今日のリックトータスパーティーは終わった。

　出した料理を全て平らげて解散した後、片づけも終わった頃に、そりゃあもう般若（はんにゃ）みたいな顔したアベルに、突然引っ掴（つか）まれて小綺麗な服に着替えさせられ、転移魔法で王都に拉致（らち）られて、夜の町を引きずり回される事になったのはまた別の話。

　そして、シャモア君は大丈夫だったのだろうか……という疑問が残った。

◆◆◆

「で、リックトータスの血液……いや素材について色々聞きたいんだけど？」

「あ、はい」

　昨夜はリックトータス三昧（ざんまい）の夕食のあと、元気が満ち溢れてしまったアベルに、夜の王都まで連行される羽目になった。

　これは決して俺の意思ではなく、アベルに付き合わされただけだし、男としては仕方ない事だったのだ。

　ピエモンは田舎なので、そういうお店があまり期待できないので、アベルの勝手知ったる王都ま

で連れて行かれた。なんというか転移魔法の無駄遣い感ぱない。

結局、アベルに付き合ってあちらに一泊するはめになり、せっかくの王都なのでついでに色々と買い出しをした。そして。先送りにしまくっていた魔道具ギルドや商業ギルドで手続きまで済ませたら、自宅に帰ってきたのは昼前だった。


そんなわけで王都から戻ってきてから俺は今、リビングで優雅に紅茶を飲むアベルにめちゃくちゃ詰められている。

その、めちゃくちゃ高そうなティーセット、うちのじゃないよね？　もしかしてわざわざ空間魔法で持ち歩いているの？　というか、そのお高そうなお茶も、うちにあるのじゃないヤツだよね？

なんかアベルの周辺だけ、お貴族様のティータイムみたいな空間が、出来上がっているんですけど。

そして俺は、アベルと向かい合った椅子の上で正座をして、素直にお説教を聞いている。

何で正座かって？　そりゃあ前世の記憶にある反省していますアピール？　今回は、先にリックトータスの血液の効果を説明しなかった俺が、全面的に悪いので仕方ない。

「リックトータスの血液もそうだけど、リックトータスと戦った時の話もしたいな？　とりあえず、あの時使ってた弓とポーションと爆弾の話も聞かせて？」

「あ、はい……」

やべぇ、アベルの目が据わっている。

「えっと、とりあえず使った弓はコレ」

リックトータスへの初撃で使った弓を、収納空間から取り出して、ゴトンと床に置いた。少し大きいし重いからテーブルに置いたら、お茶の邪魔になるしね。

「うわっ！　何これ⁉　身体強化なしだと持ち上げられない、てか、動きもしないいんだけど⁉」

少し重いので、あまり体を鍛えていない魔導士のアベルだと持ち上げるのは厳しいかもしれないな。

「以前使ってたエンシェントトレント素材で作った弓を、ミスティールと魔法鉄で改造して、威力上昇系の効果を付与したんだ。弦はヒポグリフの尾の毛を金属系のスライムゼリーでコーティングした物を使ってる。矢はミスティールの鏃に、エンシェントトレント素材のシャフト、ロック鳥の羽で作った矢羽だよ。こっちは威力上昇の付与以外に、他人から見られないように、視覚阻害の付与もしてある。重量もヤバいし、弦も硬くなりすぎたから、身体強化なしだとぶっちゃけ使いにくい。こんだけの重さと弦の硬さだと連射もキツいし、これを手に持って立ち回るのはかなり厳しい。収納スキル前提で、こっちに気付いてない相手に初撃専用だね。この先出番あるかどうか……」

普段使いするには厳しい弓になってしまったが、あまり強くない小型のリックトータスを狩るのには丁度いいかもしれない。リックトータスは個体数が多くない魔物なので、あまり出番はなさそうだけれど。

「なるほど、これだけの重さとその素材だと汎用は無理そうだね？　と言っても威力のわりにコスト低めの素材だけど……まぁそれはグランだし、うん。で、リックトータス持ち上げた時に使ってたポーションも残ってたら見せて？　ついでに、その後に投げてた爆弾もあったら」

少し隙間ができるくらいしか持ち上げていなかったのに、そこまで見ていたのか……さっすがぁ！

「あの時使った爆弾は、ニトロラゴラの根で作ったポーションで、衝撃で爆発するから家の中では出したくないな」

ニトロラゴラとは、刺激を与えると自爆する、ニンジンに似た植物の魔物である。

つまり攻撃すると爆発する。素材としてニトロラゴラが欲しい時は、魔法や睡眠効果のある薬や魔道具で眠らせた後に、核になっている魔石を取り出して倒すしかない。ただし、衝撃を与えないようにそっと魔石を取り除かないとやはり爆発する。

しかし、無事に倒したその後も火気や衝撃で爆発してしまうので、収納系のスキルかマジックバッグがないと非常に扱いにくい。

ちなみに魔石を抜いて倒した後は、湿っていると爆発しないので、加工する時は十分に水を含ませてから加工する。

なお、生きている状態で水をぶっかけると、その衝撃で爆発する。

見た目がニンジンそっくりなので、その辺に生えていたら爆発事故が多発しそうな植物系の魔物だが、幸いにもこいつらの生息地はダンジョン内だ。たまにダンジョンで足元に生えている事に気付かず踏んでしまって、重傷を負うという事故が起こる。

「ニトロラゴラってポーションにしたら、あんな勢いよく爆発するのか……というかあんな素材よく加工しようと思ったね？　むしろなんで持ってたの？　みたいな」

「ダンジョンで見かけたから、もったいなくてつい回収して収納に。あぁ、もちろん爆発しやすいように、他にも火薬系素材を混ぜたからあの威力だよ。もっと魔力の高い爆発物を加えたら、更に威力が上がるんじゃないかな？　いる？　衝撃を与えたらすぐ爆発するから、売れなくて困ってるんだ」

「そんな危ない物いらないよ！！！　もうそれ、収納の中から出さないで！！！」

ですよねー？　作ったはいいけれど、柔らかい素材は爆発で傷つくから使い道もあんまないし、ちょっとした衝撃で爆発するから売るわけにもいかないから、持て余しているんだよね。収納スキルなかったら、持ち歩くのにも困るところだったよ。

爆弾ポーションの話が終わったので、次はリックトータスと戦った時に使った二本のポーションを、収納から取り出してテーブルに並べた。

「これが、あの時の身体強化のポーション。アベルが持ってきたグリーンドレイクの血液から作ったやつだよ。こっちが血液を薄めて作った普通の方で、こっちが魔力触媒だけ入れて薄めてない血液で作った方。リックトータスを持ち上げるのに使ったのはこっちの薄めてない方。効果も高いけど、副作用でひどい酒酔い状態みたいになるし、実際俺もあまりの気持ち悪さにすぐ吐いたから、あんま実用的じゃなかった。あ、副作用の酒酔いみたいな症状は、酔い覚ましのポーションで治ったから、実質身体強化効果のある酒みたいなもんだね」

「それもう劇薬だよね？　普通の効果の方は量産できる？　そっちは副作用ないんだよね？」

「副作用ないわけじゃないよ。酒に弱い人は使わない方がいい。いっきにたくさん飲むと、酒飲んで酔っ払ったみたいな状態になるから、あまり連続使用はおすすめしない。身体強化系のポーションは、だいたい何かしら副作用がある。グリーンドレイクというか、竜種の血液から作ったポーションの場合は、酒酔いみたいな副作用が多い。酔い覚ましのポーションがあれば、効果も切れるけど副作用も治るよ」

「なるほど、そんなに濃くなければ大丈夫かな？　じゃあ本題、リックトータスの血液の効果について詳しく」

アベルの爽やかな笑顔が怖い。

「あーうん、あれは強壮効果と興奮効果が強すぎて、精力増強効果も出ちゃうみたいな感じかな？媚薬効果とはまた違うね。オークの睾丸(こうがん)みたいなものかな？」

オークの睾丸とは文字通りの物で、男性向けの精力増強効果のあるポーションの素材だ。部位的に産出数もあまり多くないわりに、需要が多く大変高価である。

オークの集落が発見されると、睾丸目的にオークの雄が乱獲されるという、男としてはなんとも言い難(がた)い出来事も起こる。

雄のオークと言えば、前世のえっちな創作物の中では女性を襲う役の定番級のキャラクターだったが、この世界ではそういう事もありはするが、どちらかと言えば雄のオークが、素材目的に人間に狩られる事の方が多い印象だ。

冒険者の女性達は逞（たくま）しいからね。お金が絡むと人格変わる人もいるしね。見目麗（うるわ）しい女性の上級冒険者達が、雄オークを狩っているところを見ちゃうと、ちょっとヒュンってなるよ。

「少量でも効果が高いからかなり昨夜は希釈したけど……うーん、他にもリックトータス結構食べたからかなぁ？　血液は強壮効果以外に興奮効果とか精力増強効果あって、他の部位も強壮効果と、おそらく美容効果つか軽い老化防止効果……うーん、そこまで仰々しくないかな？　食べたら健康で元気になって、お肌もツヤツヤするみたいな？　料理とか調合で他の素材と混ざって多少効果にぶれがあると思う」

収納からリックトータスの血液と肉を出して、アベルに差し出した。

「なるほど、俺の鑑定で見ても血液は強壮と精力増強と興奮だね。精力増強効果素材なんて高値で取引される物だから、今まで知られてなかったのが不思議なくらいだ。リックトータスは遭遇率が低い上に、討伐が面倒くさいから害がなければ放置する魔物だ。食材として使おうと思った人が今まであまりいなかっただろうし、効果に気付く人もいなかったか、気付いても表に出てこなかったのかもしれないね」

俺もおそらく前世の記憶がなければ、食べようとか血を飲んでみようとか思わなかったと思う。

そう思うと、オークの睾丸を初めて調合に使った人は、よくアレを使おうと思ったな、というか持って帰ろうと思ったな。少し猟奇的なものを感じて背筋がひんやりした。

「血をポーションにしても副作用低めで精力増強効果が出るなら、お悩み抱えた金持ちからかなり搾り取れそうだね」

アベルの笑顔が黒い。

「ポーションだと更に効果上がる可能性が高いから、ちゃんとテストしないと売り物にするのは怖いかな?」

テストと書いて人体実験と読む。

興奮作用付きとか自分ではあまり被検体をやりたくない類いのポーションである。

「その辺はやるなら俺の実家に相談したら、丁度いい人材は確保できると思うよ。だからグランは、この血液でポーション作っておいて」

何それ、お貴族様怖すぎ!!　詳しくは聞かないどこ。被験者に心の中でそっと手を合わせておいた。

「それとさ、露店で試作とかって女の子に渡してた、爪に塗るポーションについても詳しく聞きたいな?」

しまった!　その話もあったか!　俺が忘れている事までよく覚えているな!!

この後、めちゃくちゃ詰められた。

結局アベルに、五日市で取り扱っていた物についても洗いざらい吐かされ、気付けばお昼ご飯もまだなのに、もう午後のおやつの時間である。

散々俺を詰めたアベルは昼飯を掻きこんだ後、ポーション類を持ってどこかへ出かけていった。たぶん王都の実家にでも行ったのだろう。

「悪いようにはしないよ？　グランが生産者をエンジョイしたいなら、親友の俺が全力で応援するよ？　グランの作る物はちゃんと正しく評価されて、その利益はちゃんとグランに還らないといけないからね？」

そう言い残したアベルはとてもいい笑顔だった。

いい笑顔の時のアベルはだいたい何か企んでいる。まぁ、俺に悪いようにはしないと信じているけれど、俺がエンジョイしたいのは生産者ではなくてスローライフだ。

きっと知り合いのお貴族様に、俺の作った物を売り込んでくれているのだろうが、それであまり忙しくなるのは困る。

昔からアベルの繋がりで、ちょこちょことお貴族様相手に小遣い稼ぎをさせてもらっていた。平民の俺が貴族に苦手意識があるのをアベルも知っているので、ほとんどの場合がアベルを仲介にして、直接関わった事は少ない。

あまりあれやこれやる事が増えると面倒くさいので、たまに小遣い稼ぎ程度でアベルに仲介してもらっている、今の状況くらいが丁度いいと思っている。

アベルは出掛けたし、明日キルシェ達に振る舞う料理の仕込みと、リックトータスの素材の整理だ。それにボロボロにしてしまった防具の修理と、攻撃特化にした付与の書き換えもしないとなぁ。

意外とやる事あるな？

あぁ、せっかくだからスイーツも用意しておこうかな？

女性はだいたい甘い物好きだしな。ケーキがいいかな？　タルトやパイでもいいな？

冷凍庫あるしアイスでもいいな？　そういえばアベルは、あの顔でプリンが好きだったよな？

せっかくだからお土産も用意しておきたいな？

というか料理のメニューを考えるの楽しいな!?

◆◆◆

掃除よしっ！　料理よしっ！　デザートよしっ！　お土産よしっ！

「じゃあ、キルシェ達を迎えに行ってくるから、留守番よろしく」

「はいよ」

今日はパッセロ商店の姉妹——アリシアとキルシェをうちに招いてランチパーティーだ。

パッセロ商店のあるピエモンの町から俺の家までは少し距離もあり、弱いとはいえ時折魔物も出るので、護衛を兼ねて町まで俺が迎えに行く事になっている。

アベルは当然のごとく参加するつもりらしいので、キルシェ達を迎えに行っている間の留守番を任せて、道中で何かトラブルがあってもいいように少し早めに家を出ようとしたところだった。

——カランッカランッ
敷地の入り口の門に取り付けた魔道具のベルが、来客を知らせた。

「んん？　誰か来たっぽい？」

キルシェ達かと思ったが、あらかじめ迎えに行くと言ってあるので、それは考えにくい。

誰だろう？　うちを訪ねてくるような知り合いなんて、アベルくらいしか思い当たらないので、少し嫌な予感がする。

そもそもここに俺が引っ越した事は、知り合いに全く知らせていない。アベルの時のように、知らない間に誰かにストーカーじみたアイテムを渡されていたのだろうか……。

「グランって家に訪ねてくるような友達なんていたの？」

「うるせぇ！　アベルといつものシャモアくらいしかいないよ!!」

「だよねー。しかしあのシカと同列にされるのはなんか癪だな」

だよねー、じゃねぇ。失敬だな！　しかし事実だから返す言葉がない。

くやちー!!

疑問に思いながら玄関から出て門へと向かった。

門と言ってもそう仰々しいものではなく、俺の背丈ほどの柵に、出入り口として取り付けられている簡素な扉である。

建築初心者の作ったものだし、そんなたいしたものではないが、アベルが侵入者避けの結界魔法を掛けてくれているので、俺とアベル以外はアベルの魔法を破れるレベルの者でないと、勝手に門を開けて敷地には入ってこられないようになっている。

いつも来るシャモア？　ナチュラルに入ってきているから気にしていなかったけれど、アベルの魔除けを無視で入ってきているよね？　侵入許可登録しておこうと思いつつ、いつも飯を食ったらスススッと帰っていくからすっかり忘れてたわ……。まぁ、勝手に出入りできてるみたいだからいいけれど。いや、アベルの魔除けを越える事ができる時点であのシャモアは何者なんだ？

シャモアの事は今は置いておいて、全く心当たりのない突然の来訪者を迎えるべく門へと向かうと、門の隙間から中を覗いている三つの小さな影が見えた。

「どちら様ですか？」

少しだけ門を開けて、門の向こうにいる小さな訪問者を見下ろした。

「ここ人間の家じゃない？」

「この中からラトの魔力の残滓を感じますわ」
「でも、結界が張ってあって中に入れないですよぉ」

門の前で見た目がそっくりな少女……いや幼女が三人、円陣を組んでぼそぼそと話している。見た目は五、六歳くらいだろうか？

なんでこんなところにこんな小さな子供が……しかもワンピースにサンダルという軽装だ。町から子供だけで遊びに来ました、って感覚で来られるような距離ではないし、三人揃って人形のように整った顔立ちに藤色の長い髪の毛、空のように澄んだ水色の瞳が、なんとも人間離れした空気を醸し出している。

そんな幼女が三人うちの門の前で話し込んでいる。嫌な予感しかしない。

「お嬢ちゃん達、うちに何か用かい？」

できるだけ爽やかな笑顔を心掛けつつ、優しいお兄さんを意識して、彼女達の視線の高さに合わせるようにしゃがんで声を掛けた。

「ひゃっ!?　人間だ！」
「ラトに怒られてしまいますわ」
「だからやめておこうって言ったじゃないですかぁ」

声を掛けると幼女達が驚いてピョンっと飛び上がった。そしてその反応から察するに、彼女達は人間ではないようだ。

俺の姿を見た幼女三人組は、ズサササッと音を立てながら、門から少し離れたところにある木の陰に隠れた。しかし逃げ帰るわけでもなく、そこからこちらの様子を覗き見ている。

うーん、どうしたものか。うちに用があるのだろうか？　しかしこの反応から見ると、こちらから近づくと距離を取られそうだし、この後キルシェ達を迎えに行かないといけないので時間もあまりない……困った。

うん、時間ないし見なかった事にしよう。

幼女に見えるが人間ではないようだし、おそらく見た目通りの年齢ではないだろう。

それにここまで自力で来たのなら、住み処まで自力で帰れるだろう。そもそも人外の幼女三人とか厄介事の香りしかしない。

何かあってもアベルが留守番しているしきっと大丈夫だ。いざとなれば、アベルのチート鑑定で、彼女達の正体も特定して何とかしてくれるはずだ。

他人を頼ること大事。

「用がないなら忙しいから戻るぞー、じゃあの」

「あっ！」

「門を閉められちゃう」

「待ってぇ！」

門を閉めて戻ろうとしたら、木の陰に隠れていた幼女達が飛び出して、こちらに駆け寄ってきた

ので声を掛けた。

「ん？　何だ？　やっぱり何か用があるのか？」

「えっと……このおうちから、ラトの魔力の残滓を感じるのですぅ」

「ラト？」

「わたくし達の保護者ですわ」

「ここにラトが来た事があるのではないかしら？」

三人の幼女は、自分達の保護者のラトという者の魔力の残滓を辿(たど)ってここまで来たようなのだが、そんな人物全く心当たりがない。

「ラトなんて奴はここにはいないし、俺の知り合いにもいないよ。もしかして、俺の前にここに住んでた者か？」

「ううん、最近の話ですぅ」

「そうそう、頻繁にラトはここに来てるみたいだし」

「この辺りから、ラトの魔力を強く感じますわ」

そう言われてもなぁ……ここに来た事あるのはアベルくらいだし……あぁ、あとはあのシャモアもか？

「ラトってどんな奴だ？」

「ラトはわたくし達の保護者ですわ」

「とっても強いけど、まじめすぎてすごく石頭で、すぐお説教を始めるの」

「髪の毛が白くて、肌も白くて、背が高くて、人間で言うとこのイケメンですぅ」

うちにいるイケメンはアベルくらいだな。頭おかしいくらい強いけれど、銀髪だから白髪ではないし、説教くさいところはあるけれど、真面目で石頭っていうより、どちらかというとフリーダムだしなぁ。アベルの事ではなさそうだ。

「うーん、残念ながらうちには、そんな奴はいないし来た事もないなぁ」

「そんなぁ……」

「やっぱり、ラトが人間の住んでるとこに行くなんて考えにくいですわ」

「ここからラトの魔力を感じるのもぉ、たまたま通りかかっただけかもしれませんねぇ」

「どうやらここに、探し人はいなかったみたいだな？　納得したか？」

「はい」

「ご存じないのなら仕方ありませんわ」

「ラトに限って、人間の家に忍び込んで盗み食いを働いてる、なんてことはないだろうし」

おい、なんだその盗み食いって!?　しかしうちに侵入者がいたら結界があるからわかるし、やっぱ心当たりないな。

「じゃあもういいな？　自分達だけで住み処に戻れるか？」

「うん！」

「お邪魔しましたぁ」

「それでは失礼いたします」

幼女三人が揃ってペコリと頭を下げた。俺はロリコンではないけれど幼女可愛(かわい)い。

「ちょっと待て。せっかくだからこれ持っていけ」

やっぱ子供にはお菓子だよな？　今日のホームパーティーのお土産用に焼いて、収納にしまっておいたクッキーを取り出して幼女達に渡した。少し多めに焼いて小分けしておいたので、彼女達に分けたところで問題ない。

俺はロリコンではないけれど、可愛い幼女には優しくしたくなるのは、大人として仕方のない事だ。

「わあああぁ……人間のお菓子だ」

「人間に物を貰ったらダメだって、ラトが言ってましたよぉ」

「ラトに見つかる前に食べてしまえば問題ないですわ」

「毒とかは入ってないから安心しろ。食べるか食べないかは、お前らで判断するといいさ。じゃあ気を付けて帰れよ」

「はーい」

「ありがとうございましたぁ」

「また遊びに来ますわ」

え？　また来るの!?

クッキーを受け取った幼女達は、手を振りながら森の方へと帰っていった。

森の方が住み処って事はやはり人間ではないようだ。

ていうか、もしかしたら森に住んでいる亜人か妖精か精霊あたりだったのかもしれないな。だったらあのシャモアが知っているかもしれないな、森の主っぽいし。

まぁ聞いてみようにも、なんとなく意思疎通はできても会話はできないけれど。


幼女三人組を見送って、いったん母屋に戻ってきたが、そういえばキルシェ達を迎えに行くのに特に荷物はないから、そのまま出発しても良かった。なんで戻ってきたのだろう。

「お客さんは？」

「知らない幼女三人だった」

「え？　グラン幼女までたらし込んでたの？　それともまさかグランの子供!?　ていうかそのまま返しちゃったの？　幼女を？」

「ちげーよ！　全く身に覚えない幼女だったし、やましい事は全くないし、見た目は子供だったけど間違いなく人間じゃなかったし、たぶん森に住んでる亜人か精霊かなんかじゃないのかな？」

「また気付かないうちに餌付けしたんじゃ？」

「いや、ホントに見たことのない子達だったし、こっちに来てからの知り合いはパッセロ商店の人達くらいだから、全く心当たりないな」

アベルが半眼で睨んでいるけれど、今回は本当に全く心当たりがない。

「と、とりあえずキルシェ達迎えに行ってくるよ！」

まだ何か言い足りなそうなアベルを残して、家を後にしてピエモンへと向かった。

◆◆◆

「ごめん、遅くなった」

うちからピエモンまではのんびり歩くと二時間はかかる距離だが、身体強化を使って駆け抜ければ三十分もかからない。

キルシェ達の家からうちまではパッセロ商店の馬車で行く。一度道案内しておいたら気軽に遊びに来られるかなって。

「いえいえ、まだ時間よりちょっと早いくらいですよ。グランさん、今日はよろしくお願いします」

「本日はお招きいただいてありがとうございます」

「それじゃあ、行こうか。御者は俺がやるよ」

俺は御者台に乗り込んで、キルシェとアリシアを荷台に乗せて出発した。

町を出て街道から森の方面に街道から外れると、道が悪くなり馬車の揺れがひどくなった。

これはお尻が痛くなりそう。

悪路に慣れていない女性にはきつそうだなぁ。というかキルシェはこの馬車で遠くの町まで仕入れに行っているんだっけか？

御者席のシートに衝撃吸収効果のあるクッションでも作ってみるか。サスペンションの仕組みは、何となくしかわからないからなぁ。頑張れば思い出せないかな、思い出せたら馬車の足回りも弄らせてもらいたいな。

遠い町まで買い出しに行くなら、安全面を考えて防犯対策もしっかりしておいた方がいいよな？

御者台にキルシェでも簡単に取り扱える護身用の遠距離武器を取り付けるのがいいかもしれない。

まずは持ち主の許可を取るところからだけれど、普段お世話になっているし、キルシェの安全を考えると、少し馬車を頑丈にして快適にしておきたいな。

それに、乗り物をかっこよく改造するのは男の浪漫(ロマン)だし、考えるだけでも楽しくなってくる。

ゴトゴトと悪路を馬車に揺られて、自宅へと向かう。道の先には大きな森が広がっている。

「うちまではずっと道が悪いから、酔ったら言ってくれ」

「はーい、まだ大丈夫です。ねーちゃんは馬車に乗り慣れていないけど大丈夫？」

「大丈夫よ。それにしてもグランさんは、本当に魔の森の近くに住んでるのですね」

「ん？　魔の森？」

「ご存じありませんでしたか？　ピエモンの北側に広がる森は、アルテューマの森と言うのですが、地元では魔の森と呼ばれていて、森の奥には魔物や野生動物が多く棲んでるんです。でもこの地の住人と森の住人は、お互いにその領域を荒らすことはしない、という契約が古くに結ばれていると聞いてます。ですのでピエモン付近には魔物は少なく、地元の人間も森の奥深くまでは立ち入らないのです」

「きっぱりとした線引きはないらしくて、森の入り口付近は人間と魔物の領域の緩衝地帯のようなものだと聞いてます。以前は森の入り口辺りに住んでいた人もいたのですが、何もない田舎なので、人が減って今はほとんどの人が町かその周りで暮らしてるんです」

アリシアとキルシェがうちの裏の森——アルテューマの森について説明してくれた。

あの家買った時にそんな事は全く知らされていなかったので、初耳である。

地方の物件は遠方の王都の不動産ギルド経由で購入したから、手続きをした不動産ギルドの職員が詳細部分を確認していなかったとか、説明を飛ばしたとかそういったところだろう。

確かにピエモン付近は魔物が少ない。森には魔物や野生動物がいるとはいえそれほど強くないし、あまり好戦的ではない。

以前森の奥まで行った時にユニコーンに遭遇しているので、森の奥には高ランクの魔物が棲んでいる可能性は高い。そしてあのシャモアの態度や森の地下にあるモール族の集落の事を考えると、人間が森の奥深くまで踏み込んでいないのは納得できる。

そんな事情を全く知らないで、結構奥まで踏み込んでしまったけれどよかったのかな？　いつものシャモアに聞いたらわかるかな？　まぁ、森を荒らさないように気を付けよう。

「知らなかった、普通に薬草とか山菜捕りに森に入ってたよ」

「奥まで行かなければ大丈夫みたいですよ。というか、森の奥に行こうとしても、気付けば入り口付近に戻されてるって、森に入った人が話してるの聞いたことあります」

キルシェの話から察すると、森には外部からの侵入者を拒む結界が張られているのかもしれない。

「それに、南側の森や東側の山脈の方が魔物が多いので、冒険者の方はそちらへ行かれる方が多いと聞いてます」

アリシアの言う通り、ピエモンの南にも大きな森がある。そちらにはまだ行った事ないから、一度くらい散策してみるもいいかもしれない。

そんな話をしていると、俺の家が見えてきた。

「見えてきた、あそこが俺の家だよ」

「ひゃー、ホントに森の目の前だー」

「家というかお屋敷じゃないですか」

ようこそ、俺の居城へ!!

「ただいま～」

キルシェとアリシアを連れて家に戻ると、リビングのソファーでアベルが寛いでいた。

ん？

「お客さんが来てるよ」

アベルがものすごく黒い笑顔を浮かべた。

「お邪魔してますぅ」

「約束通り、また来ましたわ」

「クッキーがとても美味しかったから、お昼ご飯もご馳走になりにきたの」

約束通りって、さっきの今で来るの早すぎだろ！

アベルと向かい合って、リビングのソファーに座り、お茶を飲みながら皿に盛られたクッキーを頬張る三人の幼女の姿が、そこにあった。

「やっぱり、餌付けしちゃったみたいだね？」

ソファーから立ち上がったアベルが、呆れたような声で、俺にだけ聞こえるような声で囁いた。

「えっと？　グランさんのご家族ですか？　まさかグランさんのお子さんじゃないですよね」

と首を傾げるのはキルシェ。先ほどの幼女達の発言を聞いて、どうしてそうなる？

「えーと、彼女達は……」

うん、ホントこの三幼女達は何者なんだ？

「彼女達はね、俺の親戚だよ。俺を追っかけてここまで来たらしいんだ」

え？　アベルがニコニコと張り付けたような笑顔をしている。

「さ、自己紹介して？　さっき練習したから、ちゃんとできるよね？」

「は、はい。わたくしは長女のウルですわ」

「次女のヴェルよ」

「三女のクルですぅ」

そっくりな幼女三人が、アベルに促されてソファーから立ち上がって、ワンピースのスカートをつまんで名乗りながら、ぺこりとお辞儀をした。

三人とも藤色の長い髪の毛に澄んだ空色の目をしているが、よく見ると長女と名乗ったウルが一番色が濃く、次が次女のヴェル、最も薄いのが三女のクルというふうに、下に行くにつれ、同じ空色の瞳でも少しずつ色の濃さが違うことに気付いた。

アベルの親戚と言っていたが。キルシェ達を迎えに行く前の、門の前でのやりとりを考えると、どうにも腑に落ちない。

チラリとアベルに視線を投げると、軽く頷いたので何か考えがあって、アベルの親戚という設定にしたのだろう。

「アベルのお友達のグランだよ」

少しわざとらしくなりつつ名乗る。

「ピエモンの町で商店を営んでる、アリシアと申します。グランさん今日はお招きいただきまして、ありがとうございます」

「アリシアの妹のキルシェです。グランさん今日はありがとうございます」

ふわりとお辞儀をする姉妹。それだけでブルンと揺れるアリシアのおっぱいに、思わず目が行ってしまう。相変わらずけしからんおっぱいだな。

「お茶を淹れてくるから、適当に寛いでてくれ」

うーん、三人増えたから、少しメニューを変更しないといけないな。

唐揚げ多めにして、鍋はやめてスープにしよう。鍋の後雑炊やるつもりでお米を炊いていたけれど、焼きおにぎりにしようか。

後は茶碗蒸しと、エンペラは湯引きしてビネガーで和えるか。煮物と和え物はそのままでいいかな？　ついでに白焼きも作って、レモンでも添えるか。

すでに下ごしらえは終わって仕上げるだけの状態にしてあるので、そこからあまり手間のかからない方向へメニューの変更を考える。デザートやスイーツの類いは色々作ってあるから問題ないな。生血はかなり薄めてしまえば子供でも大丈夫かな？　いや、あの幼女達は子供っていうのかな？

あ、しまった。人数が増えたから椅子が足りない、てかテーブルも手狭だなぁ。

「人増えちゃったから外でやる？　依頼のついでに現地で引き取って持ち帰ってきたテーブルと椅子なら余ってるよ？」

アベルが俺の心を読んだような提案をした。

うちの家具、アベルが持ち込んだ物だらけなんだけど？　何だってそんな家具を溜め込んでいるのだ？　というか、俺の収納スキルがおかしいって言うけれど、お前の空間魔法の収納もたいがいだよな？

「じゃあ、お願いしようかな？　セッティング任せていい？」

「うん、やっておくよ」

テーブルと椅子のセッティングはアベルに丸投げして、キルシェとアリシアにお茶を出したら、急いでリックトータス料理の仕上げに取り掛かった。

準備をしていると、外のセッティングを終えたアベルが、調理場にやって来た。

「もうちょっとかかるから、待っててくれ」

唐揚げを熱した油に投げ込みながら言う。

「あぁ、それより作業しながらでいいから話がある」

「ん？」

「あの三人の姉妹のことだよ」

「ああ……うまくごまかしてくれて助かった。それで、彼女達が何者かわかったのか？」

「うん、鑑定は問題なくできたよ」

その言い回しだと、鑑定以外になんか問題あったのか。

「〝女神の末裔(まつえい)〟って見えた」

「ふぉっ!?」

思わず変な声が出た。

「たぶん森の守護者とか、そういったところだと思う。神格を持ってるようだが、詳しいところまでは見えなかった」

「森の守護者か……、いつも来てるシャモアがそんな感じだと思ってたが。そういえば、さっき門で話した時に彼女達の保護者の魔力が、この家に残ってるって言ってたような気がする」

「ああ、それは聞いた。彼女達を守ってる保護者が、最近よく人間の領域の方に行ってるとかで、何をしてるのか気になって森から出てきて、グランの家を見つけたらしい」

「それも気になるんだよなぁ……俺がここに引っ越してくる前に何かあったのかな？　俺がここに来てうちに入れたのは今日を除けば、アベルといつものシャモアだけだし」

「それについては、私が話そう」

「ん？　お願い……えっ!?　誰!?!?」

後ろから声がして思わず返事をしたが、アベルではない誰かがいる。

とっさに身構えるが、手に持っている物が揚げ物用のトングで、格好が付かない。

同じく身構えて、いつでも魔法を撃てる体勢をしているアベルと声の主の方を見た。

ていうか油を使っているし、家の中だし、ここで魔法は使ってほしくない。荒事は嫌なんだけど。

視線の先には、見知らぬ真っ白な髪の男が立っていた。

どちら様!?!?

「えーと……どちら様？」

いや、ホント誰？　なんで俺んちの中にいるの？　ていうかアベルが侵入者避けの結界を張っているよね？

目の前に、長いストレートの白髪に真っ赤な目に真っ白い肌で真っ白いローブを着た、アベルよりも背の高い男が立っていた。

〝アルビノ〟という前世の言葉を思わず思い出した。

アベルの方に視線をやると、いつの間にか臨戦態勢を解いて腕を組み、目を細めて目の前の人物を不機嫌そうに睨んでいた。

「こうすればわかるだろうか？」

白い男がそう言うと、男の顔がドロリと崩れて、見覚えのある動物の顔に変化した。

「あーーーっ！　シャモア!!」

俺が思わず叫ぶと、馴染みのあるシャモアの顔が崩れて、元の男の顔へと戻った。

「いつも世話になっている。しかも今日は、ウル達が押し掛けたようで手間をかける。どうやら彼女達は、私が頻繁にここに来てる事が気になったようでな、様子を見に来たようなのだ」

「ああ……あの幼女三姉妹かー、お前の知り合いだったのか。じゃあ彼女達の保護者っていうのは？」

「私だ。彼女達はこの奥の森で暮らしている、森の守護者のような者だ。そして私は、その彼女達と森を護る番人のラトと言う」

納得した。彼女達が探していたラトという者が、いつも来ているシャモアなら、彼の魔力の痕跡がうちに残っているのもおかしくない。

「ヒトの姿になれるなら、普段からそうしてたら食事が楽だっただろうに」

俺がそう言うと、ラトは苦笑いしながら肩をすくめた。

「最初にアチラの姿で会ってしまったし、森に立ち入る人間の監視もあってここに通っていたのでな。最初は人間と慣れ合うつもりはなかったので、あの姿のままでよいかと思っていた。それにあちらの姿の方が慣れているので過ごしやすい」

「なるほど、それでグランに餌付けされちゃったんだ」

「あくまで監視だ。そして食事の対価に森へ立ち入る事を許しているだろう？　本来は古の契約に基づいて、人間は森の奥には入れないのだ」

アベルが胡散くさそうにラトを見ている。この二人相性悪そうだなぁ。

それにしてもあの程度の食事で、森の中歩き放題は嬉しい。

「それに、グランには大きな借りがある」

「借り？　何かあったか？」

俺がラトにした事と言えば、飯の提供くらいしかないのだが？

「以前、森の奥でユニコーンの角を折っただろう？」

「あー、あったあった」

そういえばラトと初めて会った日、ラトに会う直前に突進してきたユニコーンの角を折ったな。あのユニコーン元気にしているかな。ユニコーンは角がないと、ただの白馬だしなぁ。森の中で白い馬は目立つだろうて。

「あの変態キモ馬野郎は、以前からうちの三姉妹に付きまとっていて困っていたのだよ。森の守護者たる者、理由なく森に棲まう者を害せないのだ。ただ付きまとわれて気持ち悪いというだけでは、排除できなくて大変困っていたのだよ」

森の番人様、お言葉が乱れていますよ。

その言葉の乱れ具合で、ユニコーンがどれほど、変態で気持ち悪いのかよくわかる。しかし、幼女に付きまとって気持ち悪いは、俺的には十分排除の理由になると思うのだが。

中身は幼女ではないかもしれないけれど、見た目は幼女だからね。俺的にはロリコン！　アウト！

ロリコンに慈悲はない！

「おかげで、奴の角が生えてくるまで静かに暮らせる。また奴の角が生えてきたら、その時はぜひ叩き折ってやってくれ」

「お、おう。ユニコーンの角はいい素材になるから俺も有り難い」

変態キモ野郎とはいえ、ひどい言われようである。だが利害も一致しているし、変態に慈悲はない。

幼女達の笑顔を守るため、俺がユニコーンの角を折ってやろう。別に、角が欲しいから張り切っているわけではない、これは幼女達の安全のためだ。

「ところで、これからランチパーティーみたいな事するけど、食っていくか？　三姉妹達もここで昼ごはん食べていくつもりらしいから、一緒にどうだ？」

「では、馳走になろう。そうだ、手土産もあるぞ」

いつも丁寧に、何かしら手土産を持ってくるマメなシャモアだ。今日も、どっさりと山菜とハーブを貰った。

いつも持ってきてくれるこの山菜とかハーブは、自分で摘んでいるのかな。アルビノ系美青年が、山菜狩りをしている姿を想像すると少しシュールだ。

「ありがとう。もうちょっとでできるから、アベルと先に行って待ってて」

「ああ、そうさせてもらう。あの子達に少し話す事もあるしな」

「グランの友達が来てるから、彼女達には人間のふりをするように言ってあるよ。俺の親戚って設定にしてあるけど、君はどうする？　彼女達の兄貴って設定にしとく？　王都の商家の三男と妹くらいの設定でいいかな？」

アベルが機転を利かせて、幼女達の正体をごまかしてくれていたのは助かった。ラトも上手く便乗できそうだ。

キルシェ達は信用できると思っているけれど、森の不可侵の話を聞く限り、ラト達は人間とあまり関わらずに生きてきたようだし、人間のふりしておいた方が面倒くさくないだろう。というか、説明すると長くなりそうだし、適当に流せるところは流してしまおう。

「ああ、そうしよう」

結局全部で八人かー、結構な大所帯になったな。さぁ、頑張って料理の仕上げをしよう。


「お待たせ」

出来上がった料理を配膳台――これもアベルがどこからともなく持ってきた――に載せて、庭にアベルがセッティングしてくれたテーブルまで運んできた。それを順々にテーブルの上に並べていく。

こないだの高そうなティーセットといい、アベルの収納の中も妙な物がいっぱい入っているよなぁ。

「ふあああああ……すごい、大きな町のレストランの料理みたい」

「これが、リックトータスという魔物の料理ですか？」

キルシェとアリシアの姉妹が、目をキラキラさせながら、テーブルの上に並べられる料理を見ている。

「そうだよ、しかもリックトータスの食材は美容にいいらしいよ」

そう言ったら、アリシアの目の色が変わった気がする。

幼女三人は、どうやらラトに説教をされたのか、ラトの傍でシュンとしていたが、料理を見た途端に明るい表情になって、テーブルに並べられる料理を覗き込んだ。幼女は可愛いな？

「ねぇねぇ、お菓子はないの？」

「先ほど貰ったクッキー美味しかったですぅ」

「わたくし、ケーキを所望しますわ」

そしてラトに咎められる。

「行儀が悪いぞ、ちゃんと座って待ってなさい」

「はいはい、デザートもちゃんと用意してるから、先にご飯を食べような？」

テーブルの上に乗り出して料理を物色する幼女三人を、なだめながらそれぞれに皿とグラスを配り料理を取り分けて回る。

そして飲み物。

「これはリックトータスの生血」

念入りに浄化したリックトータスの血液を、氷の入ったグラスにほんの少しだけ注ぐ。

学習したので、今回はほんの少しだけだ。

「そしてこれが〝魔法の水〟」

蓋つきの瓶に入れて用意しておいた、薄く黄色味がかった液体を、リックトータスの血液の入ったグラスに注いだ。グラスに注がれた液体から、シュワーっと音がして泡が出て、真っ赤なリックトータスの血液が薄められて、透き通った赤色になった。それに少しだけハチミツを足してマドラーでくるくるとかき混ぜて完成。

「これは、以前グランが出してくれた〝魔法の粉〟を使ったシュワシュワするレモネードと同じかい？」

そういえば、以前アベルにはレモネードで同じようなものを作って出したことあるな？

「そうそう、あの時と同じ〝魔法の粉〟だよ、今回のはリンゴ風味」

説明するのが面倒くさいので〝魔法の粉〟と言ったが、前世の記憶にあるジュウソウという粉を模した物である。

雷属性のスライムに、塩水を分解スキルで分解して作った白い結晶を昼の間だけ与えて、太陽の光にたっぷり当てる。そうやって育てたスライムから採取したスライムゼリーを、乾燥させて粉にした物である。

どうしても前世の記憶にある〝重曹(じゅうそう)〟という物質が欲しくて、色々と試行錯誤した結果である。実際使ってみた感じ、だいたい重曹と同じ事ができるので、たぶん重曹なのだと思う。

なお試行錯誤の段階で、塩水をひたすら雷属性のスライムに与えたら、重曹はできたが、強烈な毒ガスを発生させる強酸の塊のスライムが爆誕してしまったのはまた別のお話。

取り込んだ物が反映された特性になる、というスライムの性質はとても便利で、スライムゼリーとして素材になるので、前世の知識を交えながら色々と試している。

俺の中で、「前世の作り方がよくわからない物質は、とりあえずスライムに頑張ってもらえばなんとかなる」という法則ができつつある。俺の中で勝手に、スライムファンタジー科学と呼んでいる。まじスライム便利、俺の中ではスライムは全能の神のような認識になりつつある。困ったらスライム。

ちなみにスライムに毒性の個体が多い印象があるのは、野生のスライムは、食事としてそこにある物を手当たり次第に何でも取り込んでしまうので、体内に取り込んだ物が干渉し合って毒性のものになってしまったのだと思っている。

つまりスライムは悪くない。スライム無罪。

そしてその魔法の粉こと重曹を、アップルビネガーを水で割ってレモン汁を少しだけ垂らしたものに加えたのが、シュワシュワする〝魔法の水〟ことリンゴ風味の炭酸水だ。

生血だから少し生臭さがあるからね、果実系の飲み物で割ると飲みやすくなる。炭酸を入れたのは、やや暑い今の季節に合わせた、俺なりのアクセントのつもりだ。

今回はノンアルコールなので、生血は念入りに浄化した。浄化しまくったせいで、強壮効果や興奮効果はかなり弱まってしまって、前回のようなことにはならないはずだ。

鑑定結果を信じるなら、少し血の巡りが良くなる程度の効果しか残っていないはずだ。

自分でもちゃんと試飲はしたけれど、たいしたことにはならなかったから、大丈夫のはずだ。

「血……ですか？」

「そうだよ、弱いポーションみたいなもんかな。血液の巡りがちょっと良くなる効果があるから、美容にもいいはずだよ」

やはり、生き物の血を飲むという事に抵抗があるのか、少し戸惑った様子のアリシアにそう伝える。ポーションの類いだと思えば、素材として魔物の血液を使う事も多いので、そう抵抗はないと思う。

「なるほど美容にいいポーションですか」

納得したアリシアが恐る恐るグラスに口を付けた。

「プチプチしてる！　何これ⁉」

「口の中がピリピリするのが癖になりますわぁ」

「何ですかこの不思議な飲み物はぁ」

シュワシュワする飲み物にすでに口を付けた三姉妹が、キャッキャャッとテンションを上げている。

子供は反応がストレートで可愛いな！

実際には子供ではないかもしれないけれど。

「これは、先日のワイン割りみたいな効果があるのか？」

あ……察し。ラトがグラスの中身を警戒している。おそらく彼も先日のリックトータス晩餐(ばんさん)の後、色々と大変だったのだろう。正直すまんかった。

「前回より結構薄めたから、たくさん飲まなければ大丈夫だよ。女性もいるし、かなり薄めに作ったから」

「この飲み物お酒ではないのですよね？」

「うん、アルコールは入ってないよ」

「お酒じゃない発泡性の飲み物は初めて飲みました」

アリシアの言う通りこの世界には、エールやシャンパン、スパークリングワインといった発泡性の酒類は存在するが、ノンアルコールの炭酸飲料は見かけた事がない。火山地帯やダンジョンなどで稀に炭酸泉は見かけるが、飲料として使用しているのは見た事がない。

「その魔法の水っていうのはグランさんが調合したのですか？」

キルシェがシュワシュワとしているグラスの中身を興味深そうに見ている。

「そうだよ。レモン水とかビネガーに〝魔法の粉〟を混ぜると、このシュワシュワした〝魔法の水〟になるんだ」

説明が面倒くさい事は、全部魔法と言って片づけてしまえばいいと思っている。

「へぇ、で、その〝魔法の粉〟の正体は何？」

魔法の専門家がいたの忘れていたわ。

「えっと……塩の遠い親戚？」

抽象的な表現だがだいたい合っていると思う。やばい、アベルが納得していない顔でこちらと見ている。

「とりあえず、難しい話はまた今度にしてご飯食べよ？　ほら唐揚げもいっぱいあるよ？」

難しい話より、先にご飯食べよ？

「そうだね、先にご飯食べよ。でも、後でちゃんとその話は聞くからね？」

「そうですよ、僕もその話を聞きたいです」

アベルの胡散くさい笑顔はいつもの事だが、キルシェまで商人の表情になっている。


机の上には、ズラリとリックトータスを使った料理が並んでいる。俺すごく頑張ったと思う。


さて、今回のメニューは……。

リックトータスのエンペラの湯引きと、キノコと山菜の白ワインビネガー和え。これはレモンを搾って食べてほしい一品。

茹(ゆ)でたリックトータスの肉に豆で作ったソースを掛けた物。豆をすり潰して作った甘味のあるソースが、意外とリックトータスの肉と相性がいい。

塩味の唐揚げ。これは山ほど作ったのでテーブルの中央に大皿でドーンと置いてある。たくさん作ってあるので唐揚げ好き達にも満足してもらえると思う。レモン、マヨネーズ、トマトソース、好みで好きな物を付けて食べられるようにした。

リックトータスの肉の白焼き。淡泊すぎるかと思ったら、意外と素材の味が悪くない。レモンを搾るかショウユを掛けたらいいんじゃないかな？　物足りなかったらワサビもある。

琥珀貝と呼ばれる貝の身を干したものとニンニクとおろしタマネギで作ったソースでリックトータスの肉を煮た、リックトータスの琥珀ソース煮。肉の上には花型に切ったニンジンを煮付けたものが飾ってある。少し砂糖醤油に似た甘辛さで味が濃いので、米や酒が欲しくなるかもしれない。しかし米は在庫に限りがあるので、今回も白米はなしだ。

ちなみにアベルはニンジンが嫌いだが、知った事ではない。

溶き卵の中にリックトータスの肉とキノコを入れて蒸して固めた物。熱いから幼女達が火傷しないように気を付けないと。

口直し用のリックトータスのエンペラスープ。海藻とリックトータスのガラで取ったスープにエンペラとキノコが入っている。

コメを三角形に握って醤油を付けて焼いた、〝焼きおにぎり〟。これは別で用意しているリックトータスの骨で取ったスープを掛けて、ほぐしながら食べる感じだ。

簡単に料理の説明をして、いただきます。

我ながらいっぱい作ったと思う。特に、急遽人数が増えて鍋を断念したため、雑炊ができなくなった代わりに作った、リックトータスのスープ掛け焼きおにぎりは自信作だ。

少量ずつ種類を多めに作ったので、小食の女性や子供でも全種類楽しめると思うんだ。

「どこからどう突っ込んでいいかわからないくらい、見たことない料理ばっかりだけど、すごく美味しそうだから野暮な事は言わないよ」

アベルの言う通り、自分でも前世の記憶全開でやりすぎた気はしている。あとで色々聞かれそうだけれど今更だ。美味しく食べられればいいのだよ！

「何これスゴイ！　すごく美味しい！　すごい！　知らない料理ばっかりだしすごい！」

キルシェの語彙力がすごいことになっている。しかしそれだけ美味しいと思ってもらえるなら、作り手としては嬉しい限りである。よく見たら、唐揚げにマヨネーズを付けてひたすら食べている……新たなマヨラーを生んでしまった気がする。

「グランさん、こんなに料理がお上手だったのですね。これはお店を開いてもやっていけそうじゃないですか。しかもこんなに美味しくて美容にもいいだなんて……」

アリシアが頬に手を当ててホクホクとしている。

「冒険者をやってると自分で料理する機会が多いからね、いつの間にか覚えてたんだ」

「それはグランが特殊なだけだからね」

光の速さでアベルからツッコミが入った。

幼女達は食べるのに必死になりすぎているのか、すっかり無言になってしまっている。そしてやはり唐揚げが気に入ったらしい。

うん、子供って唐揚げ大好きだよね？　っていうか唐揚げ嫌いな人って、前世から通してほとんど会った事ないな？

「ほら、口の周りについてるぞ」

「ん？」

「手の汚れを服で拭くな！」

「はい」

「袖口がスープに浸かってる！」

「あっ」

ラトはなんだかお父さんみたいだな。

美味しく食べてもらえると、やはり作り手として嬉しい。「美味しい」と言う言葉を聞くたびに、表情が緩むのを感じながら自分も料理を口に運んだ。

思ったよりみんな勢いよく食べていたので、結構な量を用意したにもかかわらず、テーブルの上に空いた皿が目立ち始めた。

空いた皿を下げながら、口当たりのよいフレッシュハーブティーを全員に出した。甘い物が好きな人のためにハチミツも用意してある。

アベルは付き合い長いから、なんとなく好みは把握しているけれど、他は好みとか全然わからないから、できるだけ対応できるように用意はしてある。

「デザート用意してくるから、お腹に隙間あけといてくれ」

下げた皿は回収して、洗い場へ。

さぁ、みんながハーブティーで口直しをしている間に、デザートの準備だ。


午前中のうちに作っておいたプリンを、冷蔵庫から取り出してガラスの器に盛った。

アベルがつまみ食いしてもいいように、多めに作っておいたので、ちゃんと人数分ある。しかしよく見ると数が減っているので、やはり待っている間につまみ食いしたのだろう。

プリンの周りに、リンゴやオレンジ、バナナ、ブルーベリーといった色とりどりのフルーツを、可愛くなおかつ食べやすくカットして飾り付け、プリンの上にはカラメルを掛けて、その上に生クリームを絞って天辺(てっぺん)にチェリーを載せた。

そして冷凍庫に入れて昨夜から固めておいた、ミルクと生クリームと卵で作ったアイスクリームを取り出した。

それを半球型の大きめのスプーンで掬って、プリンの横に添え、その上にクランベリーから作ったソースを掛けたら完成。

手作りアイスクリームなので、多少シャリシャリ感が残っているのはご愛嬌(あいきょう)だ。

滑らかなアイスクリームを作るのは、人力だと大変なんだよおおおお!!

前世では〝プリン・アラモード〟と呼ばれていたスイーツだ。

今日のメンツならきっと、甘い物は好きだろうと思って、張り切って作ったのだ。

以前は何となく、男で甘い物好きなのは引かれるかなって思っていたけれど、アベルが甘い物が好きで人目を気にせず甘い物を食べるので、俺も気にせず甘いものを食べるようになった。

さぁ、楽しいデザートの時間だ。

「お待たせ！　デザートは、プリンとアイスクリームのフルーツ添えだ」

プリン・アラモードの〝アラモード〟という言葉が、前世の世界の言葉なので、アベルのツッコミが怖くて使わないでおいた。最近詰められすぎて、少し危機管理能力が上がったのだ。

自画自賛だが、自信作なのでドヤ顔でテーブルに並べると、アイスを目にしたアベルが目を見開いた。

「氷菓子だ！　しかもバニラの香りがする！　氷菓子も作れるなんて、さすがグラン！　ていうかバニラなんてどこで手に入れたの!?」

「ちょっと手間はかかるけど冷凍庫さえあれば作れるよ、バニラの香りはラトが以前に持ってきてくれたお土産の中に、バニラビーンズがあったんだ。ありがとうラト」

「ん、世話になっている礼だ、気にしなくていい」

バニラビーンズは前世でも高価だったが、今世では更に高価で、一般的な市場にはほぼ出回らない。

バニラビーンズは金持ちのお貴族様の間で、高級な香料として僅かに取引されているくらいだ。その価値は金にも匹敵するくらいだ。アイスの香りがバニラだとわかるあたりさすがアベルである。末端貴族の子息を自称しているが、実はかなり高位か、金持ちの貴族なのではないかと思っている。

そして、前世で暮らしていた国では、高性能の冷凍庫付きの冷蔵庫が一般的に普及していたため、氷菓子は馴染みが深かったのだが、今世は、保冷用の魔道具に使われる氷の魔石が、他の属性の魔石に比べて割高で燃費も悪いため、冷凍庫どころか冷蔵庫も高級品で、氷菓子は非常に高価で庶民はなかなか口にする機会がない。

前世の記憶で冷凍庫と冷蔵庫の便利さを知っていた俺は、それなしで生活するのがつらくて、ここに引っ越してきてすぐに冷蔵庫と冷凍庫を自作した。冷凍庫さえあれば氷菓子作り放題だからね!!

氷の魔石は他の属性に比べて魔力消費が激しく燃費が悪いのだが、そこはせっせと自分で魔力を補充している。自分で魔力を補充できるとはいえ、魔力の消費が激しい分、魔石自体の劣化は速い。しかし、そんな事より冷蔵庫と冷凍庫の方が大事だ。

「こ……これが……バニラビーンズを使った氷菓子？　この香りがバニラですか……？　僕達みたいな田舎の平民が、まず見る事もないような高級品じゃないですか……」

「この一皿でどれほどの金額が……」

キルシェとアリシアが、スプーンを握ったままプルプルと震えている。

「せっかくラトがくれた物だから、金の事考えるより、バニラの香りを楽しんで美味しく頂こう」

俺がもしこのバニラビーンズを市場に出して、出所がこの森だと知れて、バニラビーンズ目的の人間が森にたくさん押し掛けてくるのは、森で暮らしているラト達の生活が荒らされる可能性もあるし、せっかく田舎でスローライフを始めた俺としても本意ではない。

「ん……」

ラトが目を細めて頷いたので、俺の選択はラトとしても間違っていなかったのだろう。

「氷菓子だから早く食べないと溶けるよ、さ、食べて食べて」

「見た目も綺麗ですごく良い香りがしますわ、食べるのがもったいない気がしてきますわ」

「何これ！　初めて見るお菓子だ！　プルプルする！　こっちの冷たいの美味しい！」

「甘いの大好きですぅ」

幼女達はやはり甘い物が大好きなようで、大はしゃぎしながら食べている。

「彼女達は甘い物が好きでな、こうした甘いデザートを食べさせてやることができて、グランには感謝している。礼を言わせてくれ、ありがとう」

ラトに真剣な顔で言われて、こちらも照れくさくなる。

「いやいや、ラトが自然の食材を色々分けてくれたから、こうして料理の幅が広がったんだ。こちらこそありがとう」

「ラトー、グランー、食べないならこの冷たいやつ頂戴？」

ラトと話していると、アイスを平らげた三姉妹の次女ヴェルが、ラトのアイスを狙ってきた。

「これから食べるからダメだ。それに他人の皿に手を出すのは、はしたないからやめなさい」

「ちぇー」

自分のデザートの危機を察知したのか、ラトがパクパクとアイスを口に運び始めた。あー、一気に食べると……あ、やっぱり額を押さえている。

冷たい物を一気に食べると頭が痛くなるのは、人間ではなくても同じらしい。

そしてもう一人、こめかみを押さえているのはアベルだ。ゆっくり食べればいいのに。

「まさか、グランが氷菓子を作れるとは思ってなかったよ。はーーー、何この舌ざわりも滑らかでとろける氷菓子。こんなことなら、王都にいた頃に氷魔法付与した氷冷箱作って渡しておけばよかった」

「あの頃は冒険者がメインだったからな？　確かに冷凍庫のようなものがあれば、氷菓子は作ってたと思うけど」

「ほらー！　何年損したと思ってるんだ、これからは常時氷菓子をストックしておくことを所望する。そういえば母屋の横の倉庫に氷冷室あったよね？　そこにいっぱいに作ろ？　そうしよ？　必要な物は何？　買ってくるよ」

「いや、お前に買い物を任せるのは金額が怖くなるから、食材より氷の魔石を頼みたいな」

アベルに買い物を頼むと、お貴族様水準のおそろしく高級な食材を持ってきそうで恐ろしい。

それに普段は冒険者として活動しているアベルには魔石をお願いする方が良さそうだ。

「なんだ、そんな簡単な事でいいの？　それで氷菓子食べ放題ならいくらでも取ってくるよ」

いや、いくらでもって常識的な範囲の話だよな？　ていうかいつの間にか食べ放題前提になっているけれど!?

「森で手に入る材料なら持ってくるぞ。魔石が必要なら魔石も持ってこよう」

額を押さえながらラトが参戦してきた。

魔石は多分アベルが持ち込む分で溢れそうだから、もういいかな？　森で採れる季節の果物を使ったアイスは色々作ってみたいな。だが、バニラビーンズは金額が怖い。

「ラトだけずるいですわー、わたくしもお手伝いしますわ」

「私もー私もー」

「私も及ばずながらお手伝いしますぅ」

三姉妹まで交ざってきた。俺はロリコンではないが、幼女達は可愛いから仕方ないなぁ。

「わかったわかった。作り置きしておくから、いつでも好きな時に食べに来ていいから」

「「「わーーい」」」

幼女達をなだめていると、視線を感じてそちらを見ると、キルシェとアリシアがアイスを食べながらこちらをじっと見ていた。

「ねーちゃん、僕らも材料を仕入れてこれるよね？」

「ええ、近隣の町で手に入る物で必要な物があればお申し付けください」

必要な物を仕入れてくれるのはとても助かるな。

「ああ、それはすごく助かるな。お店にお邪魔する時は、氷菓子を持って行くよ」

「もちろん、プリンも作ってあったら食べるからね？」

満面の笑みを浮かべながら、アベルが当然のように言うが、そんなにうちの冷蔵庫をスイーツだらけにしたいのか!?

というか甘い物食べすぎると病気になるぞ!!


「グランさん、たくさんご馳走してもらって、今日はどうもありがとうございました」

「ごちそうさまでした、とても豪華な料理ありがとうございました。このお礼はちゃんとさせてもらいますからね？」

「キルシェとアリシアには、いつも世話になっているからな。キルシェとアリシアに会えなかったら、こんなに早くこっちの生活に馴染めなかったよ」

「僕らの方こそ、ポーションの事といい、とーちゃんの事といいお世話になりっぱなしなので、パッセロ商店としてもちゃんとお返しはしますよ！」

キルシェが何やら張り切っているから、その時は楽しみにしておこう。

デザートを食べ終わって、締めのお茶を飲んで、ランチパーティーは終了。片付けは、キルシェとアリシア、そして幼女三人も手伝ってくれたのですぐに終わった。テーブルとか椅子とかは、アベルの空間魔法の中に帰ってもらった。

そろそろ夕方も近づいてきたのでお開きの時間だ。

「あ、これアップルパイ、お土産ね。家で食べてくれ。それとこれはご両親に。リックトータスのスープとリゾットだから、きっとお父さんも食べられるんじゃないかな？」

そう言って、お土産の料理を入れた取っ手のついた金属の箱を、キルシェに渡した。前世の記憶にある、料理を配達するためのオカモチというものを参考に作った箱だ。アベルに頼んで時間魔法の〝停滞〟を軽めに付与してもらったので、半日くらいなら中身の品質を落とさずに持ち運びと保存ができる。

「何から何まで、ありがとうございます。入れ物はまたお店にいらした時にお返ししますね」

「わかった、次に店行った時に回収するよ」

「じゃあ、彼女達を送ってくるよ」

「頼んだよ、気を付けてな」

ピエモン周辺は魔物が少ないとはいえ全くいないわけではない。街道から外れた町までの道のりを、女性だけで帰らせるのは不安なので、俺が送って行こうと思ったら、アベルが帰りは転移魔法で戻れるからと、彼女達をピエモンまで送る役を引き受けてくれた。

お礼は氷菓子でいい。と、こっそり耳打ちもされた。さっきも食っただろ⁉

アベルが御者をするキルシェとアリシアの馬車を見送って、残っているラトと幼女三人を振り返った。

アベルが御者をしてるって相当レアな気がする。

「ラト達にもお土産のアップルパイを焼いてあるよ」

「やったー！」

「パイ!!」

「甘い物ならいくらでも食べられますわ！」

「今食べると晩御飯が食べられなくなるから、食べるのは明日だぞ」

アップルパイと聞いて幼女達がはしゃぎだした。

ラトはお父さん……いやお母さんみたいだな。

「えーーーー！」

「晩御飯と言えば、ラトは最近夕食の後になるといなくなるのは、こちらでご飯を頂いてたのではないですかぁ？」

「そうですわ、最近ラトから知らない食べ物の香りがしてましたわ」

「……」

「そうそう、ラトが最近夜どこかへ行くから、どこに行ってるのかと思ってラトの魔力を辿ってたら、グランの家に着いたんだよね」

「ラト、グランの家でこっそりご飯を貰ってたんですねぇ？」

「ラトだけずるいですわ」

「いや、それは、森の近くに人間が棲み付いたから、見回りも兼ねてだな」

「ラトはわたくし達と夕飯食べた後、こちらでも頂いてたのですね？」

「ラト意地汚い」

「そういえばラト最近太りましたねぇ」

「なっ!?」

自分ちで食って、うちでも食っていたんかい。

「まぁまぁ、みんなで夕飯食べに来ればいいんじゃないかな？　どうせ最近はずっとラトもうちに来てたし」

「やっぱりラトはこちらに来てたのですねぇ」

「証言頂きましたわ」

「食い意地張りすぎ」

フォローしたつもりが逆効果だったようだ。

「わ、私は森の見回りをして結界も維持しているから、魔力の消費が激しくてとても腹が減るのだ！　それにグランの料理を食べていると調子がいいんだ！　森の番人としては重要な事なのだ!!　そんなわけでこれからもよろしく頼む、好意にすがるようだがこの子達も一緒に頼む。その代わりといってはなんだが、森の更に奥に入る事を許可しよう」

え!?　ご飯提供するだけで森の更に奥まで入る許可をくれるの？　それでいいのか森の番人!?

あまりの好条件に少し引きながらも、森の奥地への魅力には抗(あらが)えなかった。

「お、おう。どうせ男三人分作るのも、そこに子供三人分追加で作るのもそんな変わらないしな」

「子供じゃないですぅ」

「人間より私達の方がずーーっと年上なんだからね」

「そうですわ、私達の方がグランよりお姉さんですわ」

お姉さんというには、色々と小さすぎるかな？　年齢は気になったが、聞かない方がいい気がしたので黙っておいた。

「そうですわ、わたくし達の力をグランに見せましょう！」

えぇ……何か嫌な予感しかしないけど？

「そうよ、私達こう見えても女神の末裔なのよ！」

ポンコツ女神臭しかしない。

「ご飯のお礼に私達の力を見せてあげますぅ」

ラトの方に助けを求める視線を送ると、無言で首を振られた。

ええ、保護者でしょ……止めてよ。

「グランの家には畑がありましたわね」

「畑に行きましょう」

「森の守護者の力を見せてあげるわよ！」

幼女達が畑の方へと駆けだした。そして、ラトにポンっと肩に手を置かれる。

「大丈夫だ、彼女達は人間から見ると子供のような姿かもしれないが、立派な森の守護者だ、心配する事は無い。悪いようにはしないはずだ、たぶん」

〝たぶん〟ってなんだ⁉

幼女達を追いかけて畑へ行くと、長女のウルが野菜の植えてある畑の前で、祈るようなポーズをしていた。

「大地に祝福を授けますわ」

ウルの体がキラキラとして、畑の野菜がニョキニョキと目に見える速度で成長した。

「えぇ……」

「これで、このお野菜は収穫できますわ。収穫した後も、グランの畑は作物がよく育つはずですわ」

「すごいな、それはありがたい。今夜は野菜をたっぷり使ったスープでも作るかな」

野菜が一気に成長したばかりか、その後も作物が育ちやすいとか、幼女の祝福すごいチート。

「次は私の番ですぅ～、お庭には地面の中でまだ眠ったままの大きな種がありますね？」

「あ～、以前貰った種を庭の隅っこに埋めたけど、さっぱり芽が出なくてなぁ……水と肥料はやってるんだけどなぁ」

三女のクルが言った〝大きな種〟には心当たりがあった。以前ピエモンの五日市で商人に貰った、

〝リュネの種〟という何かわからない大きな種だ。

「種の殻がとても固くて、芽が出るにはたくさんの魔力と、自然の祝福が必要だと、その種が言ってますぅ。私が、その種の芽生えと成長を手助けしますねぇ」

そう言ってクルは、例の種が植えてある敷地の隅っこへと走っていった。

「恥ずかしがり屋さんですねぇ。大丈夫ですよぉ、グランは貴方をきっと大事にしてくれますよぉ。だから起きてくださ〜い」

クルがそう言って、あの大きな種を植えてある付近の地面に手をつくと、クルの体と地面が眩く光り、ボコリと音がして地面が盛り上がり、一本の木が生えてきてみるみるうちに成長した。

「今日は、グランに美味しい物いっぱい食べさせてもらったので、いっぱいサービスしちゃいますよぉ」

クルがそう言うと、木はどんどん大きくなって、ピンク色の小さな花をいっぱい咲かせた。

その花は、俺の前世の記憶にある花にとてもよく似ていた。

「ほぉ、これはこれは、リュネの木か……遥か東方に大昔に生えていた植物だ。珍しい」

「東の方から来たって商人に貰ったんだ」

ラトの言うように東から来た物らしく、前世の記憶でも米を食する地域では、よく料理に使われていた食材の花に似ている。

「実は生で食べると、弱いながら毒があるから人間はあまり食べないと思うが、酒に漬けると美味い」

あー、やっぱり。俺が知っている食材と似ている。

「毒と言っても、熟してない実を大量に生で食べると、ちょっとおなかが痛くなるくらいじゃないか？　あと酒以外にも、結晶化した砂糖と一緒に漬けても美味しいはずだ」

「何だ、リュネを知っているのか？」

「あぁ、知識として知ってるだけだけどな。酒に漬けるやり方も、たぶん俺が知ってるやつであってると思う」

「ほぉ？　リュネが人間の住んでいる場所から消えて久しい。今はエルフの里のような森の奥深くに僅かに生えているだけのはずだ。まさか人間で調理方法を知っている者がいたとはな」

「そうなのか。実物を見るのは初めてだよ、知識として持ってただけだ」

俺の前世の記憶にある植物とおそらくほぼ同じ物だと思うが、この世界ではかなり珍しい植物のようだ。

「酒に漬ける方法がわかると言ったな？　では……」

ラトが、生えてきた木に手をつくと、満開だった花がパラパラと散って、それと入れ替わるように緑の葉っぱが茂り始め、花の咲いていた場所に小さな緑の実を付けた。

あー……やっぱり俺の知っている〝ウメ〟の木だ。前世の実家の庭にも植えてあったんだよなぁ、懐（なつ）かしい。

前世を思い出していると幼女達が騒がしくなった。

「あーーっ！　綺麗な花だったのにラトひどいですぅ」

「花が咲いたあとは実が生るのは自然の摂理だ」

「ラトはお酒が飲みたいだけでしょ！」

「情緒が足りませんわ」

幼女達がプープー言っているのをスルーしてラトが俺に言った。

「酒に漬けるのは、未熟な実と熟した物とどちらがいい？」

「うーん、俺は青い方が好みかな？　熟す前の方が少し酸味が強く出て爽やかな口当たりになるんじゃないかな？　熟してる方だと甘味が強くて果実感が強くなると思う。あとは実が柔らかくなりすぎない方がいいかな」

「ずいぶん詳しいな？　まるで実際に作って味を知っているようだ」

「え？　そ、想像だよ想像!!」

やば、梅を漬けた酒——梅酒が前世では馴染み深すぎて、ついうっかり口が滑ってしまった。

実家でお袋とか婆ちゃんが毎年作ってたんだよね。梅の実を綺麗な物と傷の入った物とで選別して、ヘタを取る作業がめちゃくちゃ面倒くさくて、よく手伝わされていた。

しかし、ラトはニヤリと笑っただけで、それ以上何も追及しなかった。アベルみたいに根掘り葉掘り聞かれるのも困るが、こんな感じで意味有りげに追及を止められると、何だか見透かされているような気がしてしまう。

そんな事を思っているうちに、リュネの木に付いた実はどんどん成長して、酒に漬けるのにちょうどいいサイズの緑の実になった。

「グランの作るリュネの酒、期待しているぞ」

「あ、はい」

今日はもう日暮れが近いから、収穫は明日以降だな。酒に漬けるって言っても、下ごしらえに手間がかかるし。

「はいはいはいはいはい！　次は私ー!!」

たわわに実ったリュネの実を見上げていたら、次女のヴェルが元気よく手を挙げた。

「畑もリュネの木もウルとクルがやっちゃったから、私はー……どっちみち私、大地の祝福とか植物の成長とか苦手なのよね。だからー、出(い)でよ！！！」

なんか嫌な単語が聞こえた。その直後ドーンと空中から緑の塊が降ってきた。

「私の眷属(けんぞく)のフローラちゃんよ!!　どう？　可愛いでしょ!!」

どう？　っと言われましても……目の前にはヴェルが呼んだらしき、太い蔓(つる)がウネウネと動く植物がいた。

上の方には真っ赤な薔薇(ばら)のような花が咲いていていて花弁(はなびら)が口のようにぱくぱくしている。その中心になんか牙みたいなの見えるぞ？

森の中であったら間違いなく魔物だと思うわ。

「えぇっと、これは……？」

ぶっちゃけ、若干引いている。

「花の妖精フローラちゃんよ!!　とってもおりこうで、正義感の強い子なの。植物のようだけど、もちろん自分で移動もできるわ。だから、彼女にグランのおうちを守ってもらうの！　あ、あまり難しい事はできないけど、グランがお願いしたら畑の手入れくらいなら手伝ってくれるはずよ」

「畑を手伝ってくれるのはありがたいけど、護衛は……」

嫌な予感がビンビンしてる。

「人間って、家を守るために犬を飼うんでしょ？　それと同じよ？　悪い人間や魔物が来たら追い払ってくれるわ！　普段は、そうね……丁度いいエンシェントトレント製の柵があるから、そこに巻き付かせておけばいいわ。太陽の光を魔力に変換して糧にするから、特に世話の必要もないけど、時々美味しいお水とか肥料をあげると喜ぶわ」

犬と同じ……なのか？

「追い払ってくれるって、致命的な攻撃したりしない？」

「大丈夫よ、ちょっと威嚇して追い払うくらいよ。フローラちゃんは強いから、それだけで彼女より弱い魔物は寄ってこなくなるわ。攻撃を加えなければ、フローラちゃんから手を出す事はないわよ。そうね、侵入者は捕まえるくらいでいい？　捕まえたらグランにお知らせすれば大丈夫でしょ？」

「あ、あぁ……」

すでにアベルの結界があるから、すごく過剰戦力な気がしてるけど、畑を手伝ってくれるし、変なもの威嚇して追い払ってくれるならそれはそれでいいか。

フローラちゃんが活躍するような事態はないと思いたいが。

「何か一回の飯で、色々貰いすぎた気がするな」

森の守護者パワーすごい。

「これからお夕飯お世話になることですし、女神の末裔の名にかけてこれくらい当然ですわ」

「そうそう、森の中だと食べる物偏るからね、果物も山菜も飽き飽きだわ」

「グランの料理いっぱい食べたいですぅ」

「ということだ、これからもよろしく頼む」

「お、おう」

ラトが人間の姿で、家の中に入れる大きさなので、今後は普通に家の中で食事ができそう。外で星空見ながらの夕食も悪くないから、たまには外で食事でもいいな。

しかし、食堂のテーブルが六人掛けにするには少し小さいので、大きいテーブル用意した方がいいかな？　アベルに相談してみよう。

こうして、初めてのホームパーティーは無事終了して、うちの夕飯の面子（メンツ）に幼女が三人増えたのだった。

なお、この後帰宅したアベルが畑の様変わりやフローラちゃんに気付いて一悶着あった。

◆◆◆

びろーーーーーーーん。

おー、思ったより伸びる！　そして熱い！　匂いだけで食欲が刺激される!!

先ほど朝食をすませたばかりだが、これは午前のおやつだ。

いや違う、味見だ味見!!　他人に振る舞う前には味見をしておかなければいけない。

今俺がびろーんとしているのは、ピザの上に載っているとろけたチーズ。

庭にせっかくピザ窯（がま）があるのだから使わなければもったいないと、朝食後ピザを作り始めた。

ランチパーティーの翌日アベルはいつものように王都へ出かけて行き、俺も今日は出かける予定だったが、その前に手土産でも作ろうと思いピッツァ。

具材はシンプルで定番。トマトソースの上にベーコンにトマトとピーマン、その上にはチーズをたっぷり。

窯は大きめに作ってあるので、大きめを二枚と試食用の小さいサイズを同時に焼くことができる。

焼き上がったピザの上にバジルの葉をピラリと載せて完成。

ピザを窯から出して窯の傍に設置してある作業台に並べると、熱せられて水分が飛んだトマトソースの濃縮された香り、とろけて熱々になったチーズの濃厚な香り、そして予想以上に火が強く少し焦げてしまったが、いい感じに表面はサクサクに焼き上がった生地から漂う香ばしい小麦の香り。

このトリプルコンボで腹が減らないわけがない。

試食用に作った小さめのサイズのピザをピザカッターでグリグリと切って、一切れ摘んで持ち上げると面白いようにチーズがびろーんと伸びた。

伸びるチーズってどうしてこんなに食欲をそそられるんだ!!

「いただだきまあああっっっっっっっつうううううっ!!」

そのびろーんと伸びたチーズが零れないように手を添えながら口に運ぶと、口に入れる前にあっつあつのチーズが手の上に落ちた。

ピザを口にする前に、手の上に落ちたチーズをペロリと舐(な)める。

「あっつ、あっつぅ!」

生地の上を離れ俺の手の上で少しは温度が下がったと思いきやそんな事はなかった。

少しお行儀の悪いことをしてしまったが、いよいよ本体を実食だ。

「ふぁっつっ!!」

ピザを口に運んでサクリと噛めば、味よりも先にチーズとトマトソースの熱さにやられた。

チーズは警戒していたがその下のトマトソースが伏兵だった。

人はこうして口の中に火傷を負うのだ。

少し口の中にダメージを負いながらも齧り付いた生地は、表面はサクッと気持ちのいい歯ごたえがあり、中は生地の密度を保ちつつもふんわりとしている。

窯の火力調整に慣れずやや焦げてしまった部分は香ばしいアクセントとして悪くない。

よっし合格！　これなら他人にあげても問題ない！

一人で大騒ぎをしながらピザの試食を済ませ、大きめの二枚は皿に載せて収納の中へ。

さて、あっつあっつピザのデリバリーサービスの時間だ。


ピザ以外にも唐揚げやアップルパイ、クッキーも用意して、それに加え扱いやすいサイズに切り分けた魔物のブロック肉各種、それからピエモンで買ってきた調味料の類いを収納に詰め込んで森の中へ。

目指すはモール達の集落だ。

陽の光が苦手なモール達が手に入れづらい地上のものを持っていくと約束していたからな。

森の湖よりは手前だが人の踏み込まない獣道を進んだ先にモールの住み処の入り口はある。

背の低い木が枝を伸ばし、ただでさえわかりにくいのに、モールの入り口付近は前回来た時にラトが茂みで隠してしまったので更にわかりづらくなっている。

しかしなんとなく場所は覚えているし探索スキルで地形を確認しながら進めば、あんな深い穴は他に滅多にないのですぐにわかる。

「お、ここかな？」

茂みの向こうに地下に伸びる長い穴という独特の地形を察知。

前回は足元がお留守になっていて思いっきり嵌まってしまったが、今回はそんな事もなく無事に穴を発見。

周囲の植物が踏み潰されたように倒れているので、ごく最近モールの集落を誰かが訪れたのだろうか？

森の奥から来たようで、周囲に靴跡らしき痕跡もないので人間ではなさそうだ。

モグラの獣人が住んでいるという事は他の獣人がいてもおかしくない。

少し気になったが深く考える事はせず、明かりを手に身体強化を使いながら穴の中を滑り降りた。

「んん？　なんか前回と少し雰囲気が違う気がする」

穴の底まで降りると、何が違うのかよくわからないが前に来た時とどこか違う気がした。

明かりで周囲を照らしてみてもわからない。探索スキルで周囲の地形を確認するが、前回来た時の記憶と一致している。

ただ何か胸騒ぎに近いザワザワとした感じがして周囲の気配を探ってみた。

前回モール達と出会った広場辺りには全く気配がない。

枝分かれした通路の先は居住区だと思われるが、その辺りにも生き物の気配がない。

違和感の原因はきっとこれだ。近くにモール達の気配が全くない。

どこかへ行ったのか？　集落全員で？

気配を消して隠れているのか？　小型の獣人であるモールは気配を消すのが上手いので、その可能性の方が高い。

「ん？　なんかいる？」

集中して穴の奥の方までモールの気配を探していると別の気配に気付いた。

これは……モールよりも大きな生き物。

その先にモールらしき小さな気配が集まって、ザワザワとしているのを感じた。

そしてこの大きい気配は……大きいというより長い。

蛇か!!

モール達は蛇から逃げて奥の方へ行っているのか？

蛇はモグラの天敵であることを考えるとその可能性が高い。

入り口付近の植物が倒れていたのは蛇が通った跡だったのだろう。

あの痕跡から考えると少し大きめの蛇だろうか？

いや、人間にとって少しでも体の小さいモールから見るとかなり脅威的なサイズだ。

照明を手提げのものからペンダントタイプのものに変え、両手を使える状態にしてモール達の気配のする方へと駆け出した。

前回モール達に出会った広場から更に奥。

奥の通路には俺の体格でも入ることはできるが、広場の手前より通路の大きさが少し狭くなっており、そこから枝分かれしている道は更に細く、モールのサイズに合わせたサイズになっている。

この辺りはモール以外が立ち入ることを想定していないのか？

いや、違う。モールより大きな侵入者の通れる場所をあえて残すことで、行動範囲を予測できるようにしてあるのだ。

大きな通路は俺の体格でも通ることができるが武器を振るうのは困難で、脇道は四つん這いにならなければ入ることができない。

そのため迂回(うかい)しながらスキルを駆使して地形を確認しつつ、モールと蛇の気配を頼りに進んでいくしかない。

地面の中に掘られた狭い通路はあちこちで分岐と交差を繰り返し、複雑にそして立体的に広がっているようで、探索スキルと気配察知のスキルがなければモールの場所にまで辿り着ける気がしない。

ところどころ土に直接はめ込まれた扉や窓が見えるのがモール達の住居かな？　小さな看板が置いてあるのは店か？

人間の町のミニチュアみたいで可愛いな。

おっと、いかんいかん。すごく気になるが今は天敵に侵入されていると思うモール達を助けに行かなければ。

侵入者から逃げたのか、それとも気配を消して隠れているのか、近くにはモールの気配は感じない。

モール達と蛇の気配はここより更に奥の方にあり、通れない道は迂回しなければいけないのがまどろこしいと思いつつ、大きな通路を選んで気配のする方を目指した。

居住区らしき区画を抜けると、扉や窓がほとんどない坑道のような場所に出た。

ここでも細い道は迂回しなければならないがモール達の気配はこの先だ。

そして蛇の気配はモール達のすぐ近くにある。

少し急いだ方がいいかもしれない。

カチッ！

「ん？」

進む速度を上げた直後、狭い通路の壁に腕が触れ嫌な予感のする乾いた音が聞こえた。

バリバリバリッ！！！

「ぐおおお!?」

腕が壁に触れた部分から突然雷魔法が発生し、腕を熱と衝撃が体を走り抜けた。

慌てて壁から離れるとうっかり逆側の壁に背中からぶつかってしまった。

ドスッ!!

「ふおっ!?」

直撃はしなかったが、天井から槍(やり)が落ちてきて俺のすぐ横に突き刺さった。

モールの戦闘能力は高くないが、住み処には多数の罠(わな)が設置されていると聞いたことがある。

なるほど、体の大きな者が通れる道を制限することで、侵入者は罠のある通路に誘導されるようになっているのか。

モール達の罠は見事に隠蔽(いんぺい)されており、俺の探索スキルでは全てを見つけ出すのは難しそうだ。

王都にいた頃は参加したパーティーで罠処理を全面的に任せられていたんだけどな。

なんかちょっとへこむ。

しかし、探索スキルに頼らなくてもなんとなく罠のありそうな場所はわかる。

おそらく罠のスイッチは、モール達がうっかり触れないような高い位置にあると思われる。

壁の高い位置と天井は要注意だな。

パキパキパキッ!!

舗装されていない坑道のデコボコした床を踏んだと思ったら、踏んだ小石が割れるような感触がして音が聞こえた。

ヒュッ！　ヒュッ！　ヒュッ！

「うお!?」

風を切る音が聞こえて反射的に前へと飛んだ。

その俺の頬を掠めるようにして矢が三本、先ほど小石を踏んだ場所へと飛んでいった。

カチカチカチッ！

また足元から嫌な音がするぞ!!

やだ、罠がどこにあるか全くわからない！　モールの住み処怖すぎっ！

よし、諦めよう。

諦めて、全力で前に走ることにした。

罠の場所がわからないなら、罠に触れても自分に攻撃が届く前に気合いで駆け抜ければ問題ない。

これも冒険者の常識！　罠解除のテクニックの一つ！　基本中の基本！　冒険者なら誰でもやっている罠解除の常套手段！　初心者でも簡単お手軽罠解除!!

「うおおおおおおおおおおおおおおっ!!」

時々足の裏にカチカチとかパキパキとか何か踏んではいけないものを踏む感覚がある。

そしてその直後に俺が通り過ぎた背後で、武器や飛び出す音や魔法が発動する音が聞こえてくる。

罠が発動する時は必ず足の裏で何かを踏む感触が三つ以上ある。

これは踏んだスイッチの数によって足の大きさを判断しているのだと思われる。

間隔を空けて設置されたスイッチを複数同時に踏むことにより、モールより大きな生き物――っまり敵だと認識されて罠が発動しているのだろう。

俺の足はモールの三倍くらいありそうだな。

坑道のデコボコした部分が不自然に多く違和感がある。

無理！　どこにスイッチがあるかわかったとしても絶対踏む!!　よって、駆け抜けるのが大正解!!

この方法なら突然ある落とし穴以外は躱せるはずだ。

ここはモール達も使っている坑道だと思われるので、落とし穴系の罠はないはずだ。

ふははははは！　駆け抜けるだけなら探索スキルは適当でもいいな！

よっし！　このままモール達の気配のある場所まで全力疾走だ!!

パカッ!!

「ふお!?」

足元にいきなり穴が空いて、咄嗟(とっさ)に左右の壁に手をついて力任せに体を前に押し出して落とし穴を越えた。

狭い通路でよかった。念入りに壁に別の罠が設置されていなくてよかった。

そうだよね！　モールは小さくて軽いから、一定の重さを超えると床が落ちる罠くらいあるよね！

落とし穴は罠の基本だよね!!

さすがに落とし穴は地面の下に空間があるから、探索スキルがあれば気付くな。

面倒くさがらず探索スキルもちゃんと使っとこ。

そして、穴を回避して着地した先で何か異物を踏む感覚が足の裏に伝わってきた。

またかよ!!

半ば作業のように前に出ると、周囲では何も起こらない。

「なんだ、何も起こらないじゃないか。驚かせやがって……」

と油断した瞬間。

ザバァッ!!

前方の天井から水が床へと落ち、こちらに向かって流れてきた。

その水が俺の足元まで流れてきてビチャビチャとブーツを濡らす。

ブーツに特にダメージはなくただの水のようだ。

なんで真上ではなく前方に水が……あっ!!

ものすごく嫌な予感がして、水の上を駆け抜けて床が濡れていない場所を目指した。

もうすぐ水浸しの床を抜けられると思ったら、背後がピカリと光った。

「うおおおおおっ!!」

身体強化を発動しながら大きくジャンプして、濡れた床から離れる。

それでも、ギリギリ間に合わず足の裏から体を突き抜けるような痛みと痺れが走り、飛び散った火花で視界がチカチカした。

濡れた床から完全に離れて振り返ると、天井からぴょこっと飛び出した棒のようなものが、バリバリと小さな雷を発生させて濡れた床に向かって放っているのが見えた。

感電罠とか恐ろしすぎる。

鍛えた冒険者じゃなかったら今頃こんがりしていた。

これだけ罠が仕掛けられていたら、俺が助けに行けなくても蛇は罠で倒されているんじゃないかな⁉

いや、辿り着く前に俺が倒されるかもしれない。

……お家に帰りたくなってきた。

しかし帰るにはあの感電地帯を抜けないといけないので、諦めて前に進もう。

モール達と合流したら安全にお家に帰らせてくれるよね？　ね？


「ヒィ……ヒィ……、モールの罠やばい」

ようやく地獄のような罠地帯を抜けたのか、罠の数がまばらになってきたので一旦足を止めて肩で息をする。

体力よりもメンタルがゴリゴリと削られた。

罠ありすぎ。殺意高すぎ。

ほとんどの罠は躱したが、いくつかは避け切れず当たってしまったせいで、装備や、髪の毛も少し焦げてチリチリになってしまった。

「さて、モール達と蛇の気配がするのはこの先か」

この辺りはモール達が日頃採掘作業を行っている場所なのだろう。通路のところどころに採掘用の道具や台車が置いてあり、落盤防止用の柱が何か所も設置されている。

通路の岩肌には色の違う筋が入っているのが目に付いた。そしてその境目にもまた別の色の部分があり、複数の鉱石の層があるのが見受けられる。

急いでいなかったらじっくり観察してみたかったな。

モール達の気配はこの先の枝道の奥のようだ。

その手前には蛇の気配がある。

「見えた！」

進むとすぐに茶色い蛇の尻尾が見えた。

その太さは成人男性の腕くらいで、予想していた通り人間の感覚なら少々大きめという程度のサイズだ。

細長い蛇は狭い通路にも入り込めるのでモールにとっては厄介な相手だと推測される。

蛇は俺のいる通路から枝分かれしている細い通路に進もうとしている。

右手で腰の短剣を抜きながら、左手でその蛇の尻尾を掴んだ。

蛇が進もうとしている通路は俺が入れない通路で、その幅も高さもモールに合わせたサイズのため、その先を見るには腰を折って覗き込まないといけない上に、通路には光もなく、俺の持っている照明では入り口付近しか見えない。

そこに頭を突っ込んで奥に進もうとしている蛇を、下手に後ろから攻撃してそこに逃げ込まれると手出しができない上に、そのすぐ先にはモール達の気配がある。

毒蛇かそうでないかも不明で、俺が反撃を喰らう危険はあるがモール達の安全を優先して、まずは蛇を通路から引っ張り出すことにした。

「うおらあああああああああっ！」

蛇の太さは握って力を入れるには少し太さがあるため、蛇の胴体を腕に巻き付けるように絡ませて掴み引っ張った。

この掴み方だと左手が封じられることになるが、蛇にも逃げられにくい。

後ろから引っ張れば蛇の注意は俺に向き反撃をしてくるだろう。

しかし中途半端なところで切ってしまえば、生命力のある魔物の蛇なら死なずにそのまま奥へと逃げ込んでしまうことが予想される。

頭まで引っ張り出して、確実に処理する！

右手に短剣を握ったまま通路の入り口から距離を取りつつ左手に巻き付けるように蛇をたぐり寄せると、尻尾が小刻みに震動（しんどう）し蛇の注意がこちらに向いたのがわかる。

引き寄せた蛇の胴体には焦げた跡や裂傷が多くあり、ここに来るまでに罠の攻撃を浴びたことが伺い知れる。

ところどころ矢も刺さっているが、それでもピンピンしているようなタフな蛇だ。

蛇の胴体を腕に巻き付けながら引っ張っているので、蛇が体を動かそうとする骨と筋肉の動きが蛇の胴を握る手に伝わってくる。

一度は前へ逃げようとした、しかし俺が胴を腕に巻きながら掴んでいるため、それは諦めたようだ。

蛇の胴体がうねり頭が向きを変えたのがわかった。

来る！

握っている蛇の胴体が動き、蛇の頭がこちらに戻ってきている感覚が腕に伝わってくる。

毒を持っていなければ巻き付かれる前に首を切り落とせばいい。

毒を持っているなら厄介だ。

蛇のいる通路の高さは俺の胸の辺り。蛇が飛び出してきた時に攻撃を喰らいやすいのはそこから下の部分。

しかし天井に近い位置より地面に近い部分——腰から下が狙われやすいはずだ。

その中でも防具の隙間を噛まれると牙が装備を貫通して毒をもらうことになる。

腕に巻き付けている蛇の胴体の動きに集中する。

バッ!!

蛇の胴体がうねり、一度ピタリと止まるような感触が手袋越しに伝わってきて警戒を強める。

地面から勢いよく跳んだ蛇の鱗(うろこ)がこすれるような音がして、暗い通路の中から蛇が飛び出してきた。

高さはやはり低く、膝の辺りを狙って跳んできたため刃の短い剣では狙いにくい。

そして、大きく開けた口には牙が見える。

毒蛇かっ！

咄嗟に体の向きを変え、足防具を着けている部分を跳んできた蛇の方へ向ける。

カッ!!

乾いた音がしてふくらはぎ上部側面辺りに軽い衝撃があった。

その衝撃があった場所に三角に近い頭部の蛇が噛みついている。

噛みついているがその牙はまだ防具を貫通していない。

そして、噛みついた状態なので非常に狙いやすい。

足防具に噛みついた蛇を上から突き刺すように、首の辺りに短剣を降ろしてお終(しま)い。

切られてもまだ防具に噛みついたままの首を掴んで離し、収納へと投げ込んだ。

毒蛇の頭部には毒を溜めておく毒袋があり、その毒は立派な素材である。

残った胴体の方も刺さっている矢を引き抜いて回収。

矢はモール達に返してやって、胴体もモール達がいるって言ったらあげるかな。

地上に出ないモール達にとって、巣に入ってくる地上の生き物は貴重な蛋白源(たんぱくげん)のはずだ。

今回は俺が倒してしまったが、おそらく俺が手を出さなくても、時間はかかってもモール達は蛇を倒していたと思う。

「おーい、蛇は倒したぞー。大丈夫かー？　俺だよオレオレー。こないだ取引の約束をした人間のグランだよ。約束通り地上のものを持ってきたぞー」

腰を折って天井の低い通路を覗き込み、その奥に届くように声をかけた。

奥の方でゴソゴソと小さな気配が動いているのがわかる。

その中から一つの気配がこちらに向かって走ってきている。

「もーっ!!　助かったも！　蛇は地面を這うから床のトラップしか発動しないも！　狭いところにも入ってくるから面倒くさいも!!　もう少しで坑道を一つ潰して圧殺罠を使うところだったも！」

通路から飛び出してきたのは、前回来た時も最初に反応をしたモールのタルバ。

や、そんな罠まであんのかよ。モールの住み処こえぇ……。

「いいタイミングで来てくれたおかげで、坑道を無駄にしなくてすんだも！　ありがとも！」

「お、おう。まぁ無事そうでよかったよ。ところで、前に言ってた地上のものを持ってきたのだが、蛇の後始末があるならまた後日にするか？」

「大丈夫も！　大丈夫も！　後始末は誰かがやるも！」

ものすごくアバウトだな!?

タルバの話によると、この地下集落には五十人ほどのモールが住んでいるそうだ。

モール達との取引はタルバがその代表として窓口になることになった。

タルバはこの集落で工房を構える細工師で、モールと仲の良いドワーフとの取引も行っているため、他種族との取引には慣れているそうだ。

個々で取引するよりも纏(まと)めてやる方が俺としても楽でいいので、タルバの工房にお邪魔してそこで持ってきたものを広げている。

「こっちがロック鳥とブラックバッファローの肉で、こっちが小麦とハチミツと塩。で、これが最近でかい魔物を倒したからお裾分け、リックトータスの唐揚げ。こっちはピザとアップルパイそれにクッキー、あんまり量はないけど皆で食べてくれ」

ご近所さんにちょっとお裾分けのつもりが、楽しくて作りすぎてしまった。

「も!?　たくさんあるも!!」

「金だとだいたいこれくらいだから、相応分の鉱石に換算してくれ。希望は付与に使えそうな鉱石か魔法銀かな。こっちのは差し入れだから対価はいらない」

「も？　安すぎるも。ドワーフに頼むとこの五倍以上取られるも」

肉は適当な値段で、ピエモンで買ってきたものはその値段にきりがよくなる程度に手間賃を上乗せしたのだが、安いと言われてしまった。

町から直接持ってくる俺と違って、ドワーフだと遠回りになって運搬の手間がかかりそうだし、間に他の商人を挟むうちに高くなってそうだが五倍は高いな。

「うーん、肉以外が近くの町から直接持ってきたからな。じゃあ買ってきたものの値段にこのくらい手間賃載せるくらいでいいか？」

「もっ！　取引をする時の対価は重要も。ものの値段だけじゃダメも、かかった手間の対価とその場所でのものの価値もちゃんと計算するも。ドワーフはそれも込みで、足元を見てくるもっ！」

う、キルシェと同じような事をタルバにも言われてしまった。商売って難しいな。

そしてモール達は地上に出るのが厳しいと知られているから、取引相手にそこを見られるのか。

俺がいるうちはこの値段でも持ってこられるが、俺もいつかはいなくなるかもしれないのでこの対価で取引していいものか迷うところだ。

個人で持ってこられるものには限界があるから、ドワーフとモールの関係を壊さないためにも、規模の小さい取引にしておくのが無難そうだ。

「じゃあこの辺で手に入らないものは少し高くして、手間賃ももう少しだけ上乗せするかな。個人的な小規模な取引だし、俺が来られるうちだけになるからこのくらいでどうだ？」

「もー？　そうもね、これでもドワーフから買うより全然安いも。対価は鉱石でいいも？」

「もしくはインゴットでもいいぞ」

「こないだも鉱石が欲しいって言ってたもだけど、変わった人間もね。人間は鉱石よりもキラキラしたアクセサリーの方が好きなんじゃないも？」

ゴソゴソと工房の棚を漁りながらタルバが首を傾げた。

「アクセリーはつけるより作る方が好きかな？　といっても趣味の範囲だけど」

細工が得意なモール達の作るものに比べれば、俺の作るものなんて子供の遊びみたいなものだ。

「も？　グランもアクセリーを作るも？　どんなの作るも？　見せてほしいも」

えっ!?

タルバは指先の器用なモールの中でも細工師というプロ中のプロだ。そんなプロにド素人の俺の作ったものを見せるのは恥ずかしいのだが!?

しかし、プロに見てもらってその意見を聞けるなら俺としてもありがたい。

「ええと、これは触れてるものが軽くなる指輪で土の魔石が動力源で重力の軽減効果が付与してある。こっちが髪の毛の色が変わって見える髪飾りで、水の魔石で水系の幻惑効果――」

五日市で売り物にしているアクセサリーを取り出して机の上に並べた。

「ふむぅ……、細工はシンプルもだけど、これは好みもね。付与の方は小さいものに随分詰め込んでるもね。なるほど見えない場所にミスリルを使ってるもか」

デザインがシンプルなのは俺の技量の問題だ。

そして、ぱっと見の大きさに見合わない付与ができている理由にすぐに気付かれた。

さすが専業の細工師。

「それでも、このサイズに重力操作もか……、こっちは動きのあるものを対象とした幻惑……。もっ！　細工のセンスはオイラとは違うけど、付与の腕はすごくいいもね」

細工のセンスと腕前はモールには遠く及ばないので仕方ないな。

よっし、付与の方は褒められたぞ！

「そ、そうか？　実は付与をした庶民向けのアクセサリーを作って商売もやってみたいなって思ってるんだ。よかったら取引ついでに細工や付与の事を教えてもらいたい。もちろん謝礼は払うよ」

細工と付与のスキルを上げて金持ち向けの派手で煌びやかなものとか、冒険者向けの強力な効果のものもチャレンジしてみたいと思う。

だがそれと同時に、日々の生活の中であったら便利だなとか、気軽にできるおしゃれとか、そんな気安い気分で使えるアクセサリーを作りたい。

付与効果のあるアクセサリーは金持ちや冒険者の間では馴染みがあるが、安全な場所で暮らす庶民にはあまり縁がない。せいぜい防御系の付与がされたお守り的なものを身に着けることがあるくらいだ。

庶民の間に付与品が出回らない理由として、冒険家向けのものは町の中で暮らすなら必要ないあるいは効果が強すぎる、金持ち向けのものは華美すぎる、そして高い。

効果が強いものや、高価な素材を使っているもの、細工が凝っているものは当然高い。

その不要な部分をそぎ落として、安価な素材で適度な効果、凝りすぎないシンプルなデザインで町に暮らす人向けの効果のものを中心に作りたいなと思っている。

「任せるも、教えるも。グランの付与は面白いもだから、色々話してみたいもね。情報交換は新しいアイデアの始まりも」

「おっ、それは助かるな。俺も付与について情報交換できるならすごく嬉しい。まだまだ未熟だし色々勉強させてもらうと助かる。あと、お手頃な鉱石があったらそっちも教えてほしいな」

色々と作ってみたいと思ってもまだまだ技術も知識も足りない。

こんな近所にその道のプロがいるのだから教えを請えるのなら非常にありがたい。

それに物を作る者同士で意見交換というか、考えている事をあれこれ話すのはすごく楽しそうでわくわくする。

ずっと冒険者だったから、周りに物作りについてどっぷりと語り合える知り合いがいないんだよな。

王都にいた頃は贔屓(ひいき)にしていた職人が何人かいたけれど、こちらに引っ越してきてからは知り合いはパッセロ商店の人達くらいだしなぁ。

近所に物作り友達ができるのは非常に嬉しい。

「わかったも。キラキラした金属や宝石とはまた別の需要がありそうも。あまり綺麗ではない鉱石も溜めてるから必要なものがあれば相談に乗るも。対価は地上のものでいいも」

しかも対価が地上のものでいいとか俺に得しかないように思えてしまう。

「おう、すごく助かる。よろしくたのむよ」

こうしてモールとの初回の取引は無事終了して、鉱石と一緒に細工の先生兼物作り談義ができる友達ができた。

gran & gourmet 02

閑話❶

アンダーグラウンドな活動家達

とある町の、とある居酒屋の個室に、私達は集まっていた。

私達は、とある人物を追い、その近況を逐一報告し合い、情報を共有している組織である。

「先日、ある魔物の調査依頼で出向いた先で、ターゲット様を確認しました。最近行方が掴めなかった、相方様の方も一緒に確認しました」

「それはどこで!?」

私の言葉に、その場に集まる同志達がざわめき始めた。

「ソートレル子爵領のピエモンという小さな町の近くです。現在調査中ですがおそらくピエモンの町に滞在されているものかと」

「ソートレル子爵領といえば領都付近は穀倉地帯で、町から離れた平原も森も魔物が少なく、平和な場所だと聞いたことがあります。どうしてそんな場所に、高ランクの冒険者が滞在しているのでしょう」

「どうしてでしょう？　ソートレル子爵領には、人の出入りが制限された未開の魔の森があると聞きます。もしや、そちらにアタックを掛けられているのでは？」

「たまたま、滞在していた可能性は？」

「調査中ですが、相方様の方は頻繁にピエモンで目撃されているようです」

「そういえば先日、王都で夜遅くにターゲット様と相方様がお二人で一緒にいるのをお見掛けしましたわ」

「夜遅くに……」

「お二人で……」

「公式が私達を殺しに来てるわ」

「それでお二人はどちらへ」

「花街の方へ一緒に行かれましたわ」

「やはり男性ですからね。戦いの後は特に昂るといいますし、そういうことなのでしょう」

「そんな……、需要があればいつでも私がお相手するのに」

「何を言っているのです、本人凸はご法度ですよ」

「ハッ！　すみません、思わず取り乱してしまいました」

「我々の活動はあくまで、本人様には迷惑を掛けず、遠くからそっと見守る事です」

「他にご報告のある方は」

「はい、最近ターゲット様は王都ギルドでよくお見掛けしますが、お一人か、コードネーム〝クロクマ〃氏のパーティーに参加しているのはお見かけしますが、相方様とご一緒のところはお見かけしません。先日、偶然ダンジョンの休憩エリアでご一緒になりまして、その際手作りのお弁当を召し上がっていました。ギルドの仕事が終わるとどこかに転移していかれて、王都内の宿に宿泊していないところを考えますと、相方様の所へ向かわれているのではないかと」

「なんですって⁉」

「はー……手作り弁当をダンジョンに持ち込むなんて……」

「しんどい」

「尊い」

「公式が殺しに来てますわ、早急に〝会誌〟に描き起こして補完しなければ」

「落ち着いてください、まだお二人が一緒に暮らしていると確定したわけではありません。もしかすると、ターゲット様はご実家に帰られている可能性もあります」

「ターゲット様のご実家に潜入している者からの報告ですと、たまにご当主様に面会に来られるものの、ご実家の方に宿泊はしておられないようです」

「ではやはり……」

「その可能性は高いですね」

「相方様がピエモンで頻繁に目撃されているのなら、その周辺を拠点にされている可能性が高いですね」

「では、ターゲット様はわざわざ遠くの町から、転移魔法で王都まで通われているということですか……」

「相方様と一緒に暮らすために」

「それだけ相方様に胃袋も心も掴まれているのですね」

「王都から遠く離れた小さな町でひっそり二人で……はー……尊すぎてしんどい」

「公式に殺される」

「場所が場所だけに、さりげなく見に行ける場所ではないですね」

「えぇ、みなで押し掛けては迷惑がかかるやもしれません」

「それでは、ソートレル子爵領のソーリスの冒険者ギルドが拠点の私が、引き続きピエモンを調査してきます」

「よろしくお願いします、しかしあくまで公式様に迷惑を掛けないように」

「はい、それは重々心得ております」

「他にご報告のある方はいらっしゃいますか？　いらっしゃらなければ、報告は終わりにして、推しについて語らう時間に入りましょう」


とある町のとある居酒屋。これは、とある冒険者の殿方を〝推し〟として見守る女性達の集まる女子会。

本人様に気付かれることなく、迷惑を掛けないように、ただひたすら見守り、情報を共有し、妄想するだけの活動家達の集まり。

gran & gourmet 02

閑話❷

森の番人のおしごと

森の番人の朝は早い。

夜明けの朝霧の中、森の見回りを開始する。

アルテューマの森の番人たる私の仕事は、この森の平穏を守る事。

人間にとっては遥か昔――我々にとってはつい最近、森の周辺に住む人間の長と不可侵の契約を結んだ。

お互いの領域を荒らさない事。

また、お互いの領域に踏み込んだ者は、その領域の掟に従い裁いてもよいという事。

森に暮らす者は、自然の摂理に従い生きる。弱肉強食、食物連鎖、それは全て自然の摂理である。

生きるためには皆、命を喰らう。我らの命は他者の命の上に成り立っている。

この理を乱し、森の営みを荒らす者を排除するのが私の仕事だ。

普段は、古の女神の縁者であり、この森の守護者の三姉妹と共に森の奥で暮らしている。

しかし最近は、森の入り口付近に住みついたグランという名の人間の屋敷に三姉妹と共に世話になる事が増えた。

グランは少し不思議な人間だが、奴の作る食事は長い時を生きている私すら知らないものがあり、実に興味深い。

うむ、人間の食事は美味い。

寝泊まりする場所が変わろうとも、私の仕事は変わらない。

夜に蠢く者達は巣へと帰り、陽の光を好む者達が動き出す時間。私はゆっくりとした歩みで、森の中を歩く。

時折、小さき者達が森の実りを、私の元へと届けてくれる。

それを受け取り、自然の摂理を乱さぬ程度の加護を与えるのも、私の役目だ。

森の番人の私は森に棲む者に慕われている。故に私の元にはたくさんの者がこうして、貢ぎ物を持ってくる。

そのたびに加護を与える。番人は忙しいのだ。

捧げられた物は、以前はそのまま食していたが、今はグランに渡せば美味しく頂ける。善き哉。善き哉。

しばらく森の中を散策していると、薄汚れた馬に会った。

元は白く美しかったであろうその毛並みは、今は灰色に薄汚れ傷だらけである。

その額の中央には、人間の親指ほどの突起物——生えてきたばかりの角があった。

かつてグランに角を折られたキモい変態……もとい、ユニコーンだ。

同じ四足歩行の者として、コイツの二足歩行の清らかな雌のみを愛するという性癖は、少々理解しがたい。

まぁ、うちの三姉妹くらいになれば、少し姦しいが清らかすぎる乙女達なので、彼女達に魅かれるのは仕方ない事なのかもしれないが。

しかし、あまりにしつこくまわりをうろちょろされ、正直、鬱陶しかったので、此奴の角を叩き斬ってくれたグランには大変感謝している。

二足歩行の清らかな雌が好きなら、森の中にはゴブリンやオークの雌だっているだろうに、何故か人間に近い姿の乙女を好む。種族差別よくない。

それに、獣の姿で清らかな乙女と睦み合うのがよいとかいう奴なので、本当にキモい。

少し不貞腐れた顔でこちらにやって来て、派手な色のキノコを捧げられたので、森の番人としては施しを返さないわけにはいかない。

森の番人は優しいのだ。

加護を与えれば、親指ほどだった角が少しだけ伸びた。この分だと、すぐに元の長さになってしまい、また鬱陶しくなりそうだが、その時はグランに叩き斬ってもらうとしよう。


変態キモ馬に遭遇した場所から更に奥へ。

グランと出会った湖を通り過ぎると、そこから先は魔物の領域。

本来なら人が立ち入ることを拒む場所なのだが、グランには飯の恩があるためもう少し奥まで入れるように、こっそりと加護を与えておいた。

その加護を使って森の食材を集め美味い飯を作ってくれ。

「べェ～」

湖から少し進んだ辺りで茂みの中から間の抜けた鳴き声が聞こえて、角が欠けた白灰色の山羊(ヤギ)が姿を現した。

コイツは少し前にグランに力比べを挑んで惨敗をした山羊だ。

日頃はやたら好戦的で私にまでケンカを売ってくるちょこざいな山羊だが、二本ある自慢の角を両方グランに折られてしまい、今はすっかり大人しくなっている。

ふ、身の程を考えず誰にでもケンカを売るからだ。

私は優しいので山羊鍋になどしないが、グランの手にかかれば美味しく料理されてしまうだろう。

山羊のカラアゲなどどうだろうか？

うむ、カラアゲは美味い。この世のものは全てカラアゲにしてもいいのでは？

そして、マヨネーズというやつをかけると更(さら)に美味い。

とはいえこの山羊、ただの角の伸びる山羊ではないので、食材にするには少々抵抗がある。

「この鹿野郎！　今、鼻で笑ったろ!!　角が治ったら覚えておけよ!!」

甲高い声と共に目の前の山羊が、丈の短い貫頭衣を身に着けた人の子の姿になった。

ぬ、ここにも鹿とシャモアの違いがわからぬ無知なる者がいたか。

もじゃもじゃとした白灰色の髪の毛の隙間からは折れた山羊の角が見えている。

人の子といっても上半身だけで、腰から下は髪の毛と同じ白灰色をした山羊の後ろ足だ。尻には小さな尻尾が生えている。

この子山羊、パン族という山羊の獣人とフォレストヤエルという山羊の魔物のハーフである。

パン族は獣化すると大型の山羊の姿になるため、稀にこういう組み合わせの混血が生まれてくる。

まぁ、どちらも山羊だしそういう事もあってもおかしくない。

若く清らかなヒトの姿の女性のみと睦み合いたいという変態馬に比べれば、よっぽどまともな愛の形である。

しかしこの子山羊、本来なら獣化すれば大型の山羊になるパン族だが、混血故に小型にしかなる事ができず、その事を拗らせすぎて力試しと称しては森に棲む者にケンカを売って回っている。

この私にも顔を合わすたびに勝負を挑んでくるので、前足一つで転がしてやっている。

まさに足元にも及ばぬというやつだ。

そんな少々鬱陶しくてはた迷惑な子山羊が、つい先日グランにケンカを売って角を失ってしまった。

哀れよの。

ただの山羊なら失った角は生えてこぬが、此奴は獣人と角の伸びるヤエルの血を引いているので放っておいてもそのうち角は元に戻るだろう。

可愛くお願いすれば加護で少しだけ角を治してやるぞよ、ほれほれ。

私は立派な大人である故、対価を貰えば日頃生意気な子山羊にも加護を与えるのだ。

「く……、相変わらずいけ好かない面しやがって！　お前なんか大嫌いだ!!」

何かが気に入らなかったようで、怪しいキノコをこちらに投げつけて走り去っていった。

危ない、これは胞子を吸い込むと笑いが止まらなくなるキノコではないか。大事にならぬようしまっておこう。

おっと、キノコの代償に加護をやろうと思ったが、もう姿が見えなくなってしまったので仕方がない。

まぁパン族という種族は植物に限り少々の毒も気にせず食べることのできる種族なので、角がなくなったところで食には困らぬだろう。

角が元に戻るまで自然の中を頑張って生き延びてくれ。

朝の森をしばしの間散策した後は、グランの家へと戻る。

家主のグランも、いけ好かない同居人の男も、三姉妹達もそろそろ起きている頃だ。

朝は皆で揃って朝食の時間だ。

グランの屋敷は人間サイズなので、雄々しい私の体格では少々狭い。仕方ないので、人間の姿を真似(まね)て屋敷の中に入っている。

屋敷に戻ってくると、ちょうど朝食の支度が終わり、皆揃っていた。

今日の朝食は〝ばたーろーる〟というふわふわしたパンに、サラダ、ベーコンとタマネギの入ったスープに、スクランブルエッグ、そして生ハムとチーズだ。

グランのところで初めて食べた〝生ハム〟という食べ物が、最近のお気に入りだ。

元はグレートボアの肉らしいが、あのブヒブヒうるさくて獣臭く、何かあるとすぐ突進してくる猪(いのしし)が、こんなに美味しくなるのは不思議だ。チーズを包んで食べると更に美味しい。

グランはよく生ハムとチーズを一緒に出す。よくわかっている。善き善き。

食事の礼に、森で貰った貢ぎ物をグランに渡しておこう。きっと美味しく料理してくれるだろう。

変態に貰ったキノコは何だか怪しい色合いだったが、グランならきっと何とかしてくれるはずだ。

「ちょっ!!　おいぃ!!　こんなところでヴァーミリオンファンガスとか出すのやめええぇっ!!」

「そんな事よりグラン早くそれしまって！　落としたら炎噴き出すよ!!　こんな物どっから持ってきたんだ、このシカ野郎！」

む？　変態に貰ったキノコを渡したら、グラン達が騒ぎ出した。何かまずかったようだ。

うむ。だいたいあの変態が悪い。私は悪くない。

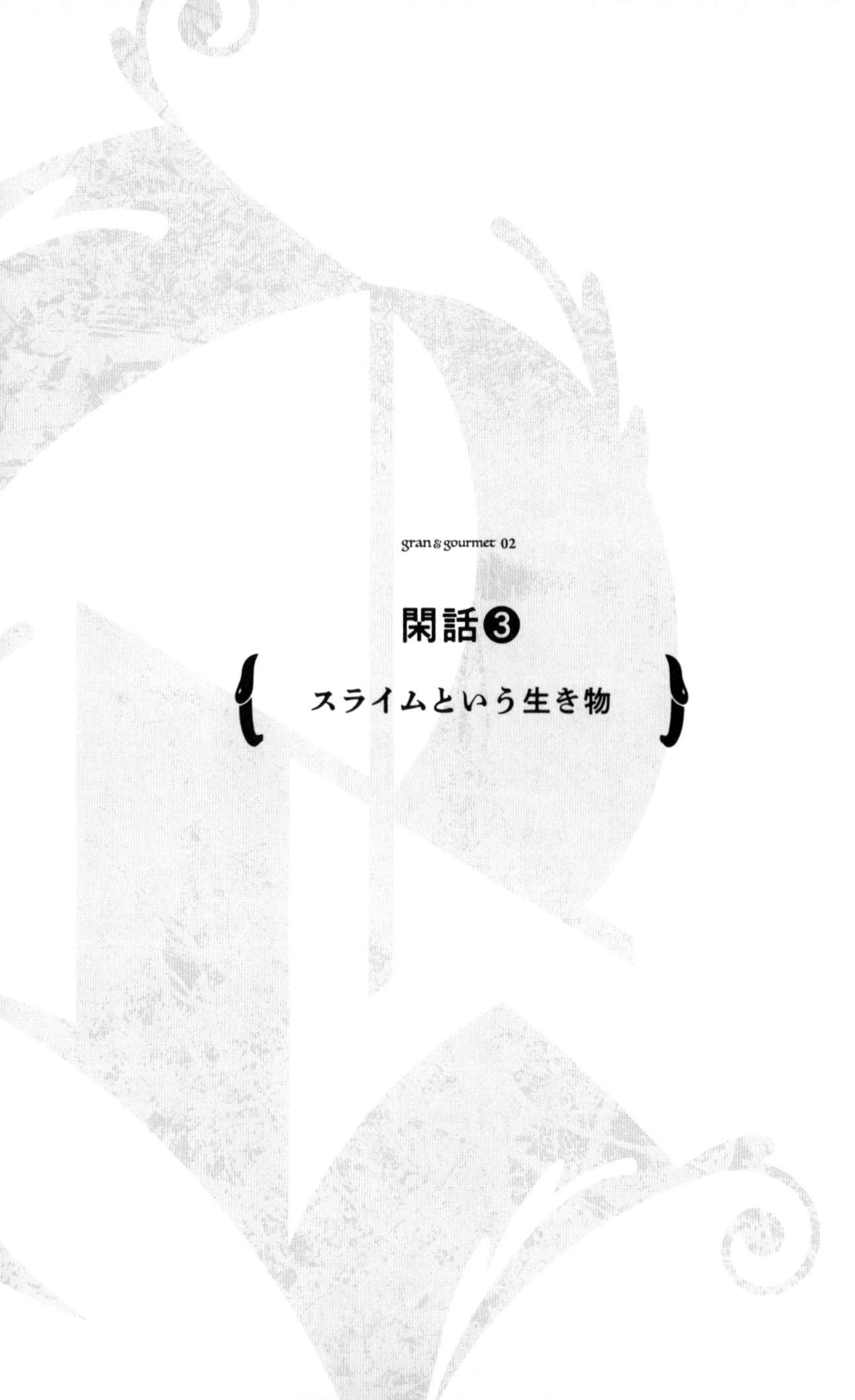

閑話❸

スライムという生き物

「ふっふっふっ！　最近グランさんには、お世話になりっぱなしでしたからね！」

いつものようにパッセロ商店に行くと、キルシェが不敵な笑いで迎えてくれた。

「おかげさまで父もだいぶ回復して、もう少しで復帰できそうなんです。それで、パッセロ商店からのお礼です」

ニコニコとしているアリシアの横には、大きな木箱が置いてあった。

「ジャーーン!!　スライム用照明装置でーす!!　なんと自動餌やり機能付き!!」

「ふおっ!?」

キルシェが木箱の蓋を開けると、中にはごっついL字の箱型魔道具が入っていた。

自動餌やり機能付きスライム用照明装置だと!?

「光の魔石を使った、昼間の光源用の魔道具です。この照明には太陽の光と同じ効果があります。スライムを飼育している水槽の上に載せて使ってください。こっち側に給餌装置が付いてるので、一定時間ごとに自動で餌が水槽に送られるようになってます」

アリシアが簡単に魔道具の説明をしてくれた。

スライムは太陽の光に当たっている時と、そうでない時で少し性質が変わる。

太陽の光に当たれば光合成、光がなければ呼吸をするのだ。つまり植物の活動とほぼ同じだ。

今世では学校に通っていないので、この世界で酸素や二酸化炭素が認識されているかまでは知らない。だが、昼と夜でスライムの活動が異なり、植物系の魔物に近い種だということは知られている。

ちなみに、先日アベルがリックトータスを倒した時に空気を転移させたように、空気という存在は教育を受けた者の間では認識されている。

太陽の光を当てたくなければ暗い場所に置いておけばいいのだが、太陽は昼しか出ていないので、スライムに太陽光を当てたければ昼間だけになってしまう。

それを昼夜関係なしに、太陽の光をスライムに当てる事ができるのが、光の魔石を使った照明の魔道具だ。

光の魔石は、光属性の魔物が少ないため手に入りにくく、光の魔石を使う魔道具は他の属性の魔石を使う魔道具よりも少々値が張る。

照らす範囲が水槽の中だけとはいえ、太陽光と同じだけの効果を出すには、大きめの魔石が必要となってくる。それ故にスライム用の照明装置は少しお高い。

いつかは買おうかなって思っていたのだが、今のところは太陽の光に当てたければ、晴れた日にた品だ。


庭に水槽を持ち出して並べておけばいいかなって、結局そのうち買おうと思いつつ買っていなかった品だ。

　そんな感じで、昼間だけだと時間が足りなくて一日で作業が終わらないとか、作業がしたいのに天気が悪いとか、日照時間の短い季節だとかあって地味に不便なのである。

　この照明魔道具があればそんなこと気にせず、時間や天候関係なしにスライムに疑似太陽光を当て放題なのである。

　ぶっちゃけかなり嬉しい。

「これを俺に!?」

「ふっふっふっ……受け取らないとは言わせませんよ、というか受け取ってくれないと、この魔道具うちでは使いませんから」

「父の病の原因がわかったのもグランさんのおかげですし、先日は豪華な料理をご馳走になりましたし、グランさんのおかげでポーションやミサンガの売れ行きも好調ですし、これはパッセロ商店からの気持ちです。受け取ってください、もちろんお代はいりませんよ」

　パッセロさんの病気の原因を解明したのはアベルだし、先日の料理は作ったのは俺だけどリックトータスを倒したのはほぼアベルだし、デザートはちょっと頑張ったけれどバニラビーンズなんて高級品を持ってきたのはラトだし。あれ？　俺、料理しかしてなくね？

「なんか貰いすぎな気がするんだけど？」

「そんな事ないですよ。僕達がどれだけグランさんにお世話になったと思ってるんですか。氷菓子の差し入れもたびたび頂いてるし、僕達の方が貰ってばかりなので」

「それに実は親戚のやっている商店に融通してもらった物なので、そこまで高い物でもないですから、どうぞ受け取ってください」

「わかった、そういうことなら有り難く頂くよ。いつかは欲しいと思ってた魔道具だから、有り難いし嬉しい。ありがとう」

なんか先日の三姉妹のサービスといい、すごくわらしべ長者な気分だ。

「ところで俺、キルシェ達にスライム育ててる事話してたっけ？」

「こないだの食事会の帰りにアベルさんに聞きました。グランさんはスライムマニアだから、何か渡すならスライム関連の物が喜ぶって」

「アベルさんにもお礼をするつもりでしたが、アベルさんの分はグランさんの分に纏(まと)めてくれとおっしゃっていたので、アベルさんのお勧めもあってこの魔道具になりました」

さすがアベル、俺の好みを外さない。ってそうじゃなくて、誰がスライムマニアだよ！

いやまぁ、スライムを弄(いじ)るのは楽しいから好きだけど。


スライムという生物は本当に奥が深い。

スライムというゼリーのようなヘドロのような、プルプルもしくはドロドロとした魔物は、前世の記憶にある空想の物語にもよく登場していた生き物だ。だが前世ではあくまで空想上の生き物だった。

時には最弱の敵、時には殴打攻撃が無効の面倒くさい敵、時には何故か衣類だけ溶かすエッチな生物と様々だった。その姿はコミカルで愛らしい物から、グロテスクで醜悪な物まで。

前世の世界の創作者達は、数多の空想上のスライムを、架空の世界の中に生み出していた。

前世では空想の物語の中だけの生き物だったスライムが、今世では普通に実在している。いや、前世の世界は魔法や魔物などの魔力の絡むものが全く存在していなかった、と言った方が正しいのかもしれない。

前世の記憶でも、空想上とは言えなんとなく馴染みのあったスライムだが、今世ではかなり身近で、俺の中では生活に欠かせない生き物である。

スライムという魔物、魔物ではあるが生まれたばかりの時は、人畜無害だ。

誕生後の成長過程で、捕食した物の特性が個体に反映される。またスライムに取り込まれた物同士がお互い干渉し合って、その結果の産物がスライムの特性として現れる事もある。

スライムに取り込まれた物質は、スライムの魔力や一緒に取り込んだ物と結合されたり分解されたりする。そしてそれがスライムゼリーに反映されたり、結晶となってスライムから排泄されたりするのだ。

スライムは、太陽の光があれば植物のように光合成を行い、太陽の光がなければ呼吸をする上に、紫外線や赤外線にも反応するため、昼と夜で違う物質を作り出す事もある。

また成長したスライムは、分裂して新しいスライムが生まれるのだが、生まれたスライムは、分裂前のスライムの特性を引き継いでおらず、無色透明で無毒で無属性、無味無臭で無害なゼリー状の生き物である。

魔物というからには、体内に魔石を有しているのだが、生まれたばかりのスライムはその魔石も無色透明で、属性のない魔力を僅(わず)かに含んだ小さなものがあるだけだ。なお、この魔石がスライムの核に当たり、この魔石を抜き取るか壊さない限り、魔石に触れているゼリー状の部分はスライムとして生きている。

ちなみに分裂する時は、先に魔石が分裂して、その後スライムのゼリー状の部分が、魔石と共に親スライムから分離されていく。

スライムの素材は魔石よりその体——スライムゼリーの方が需要が多い。スライムの特性はそのゼリーに主に表れ、魔石を壊すかゼリーを全て取り除いてしまわない限り、時間が経(た)てばゼリーが再生するので、スライムからゼリーは取り放題である。

その上、ある程度大きくなると分裂して増えるので、素人でもスライムを増やすのは難しくない。スライムから採取されたゼリーはそのまま使用したり、乾燥させてすり潰(つぶ)してパウダーにして使用したりすることが多く、料理や調合、付与や鍛冶(かじ)や裁縫、木工など幅広く利用されている。

スライムは何でも食べるので、廃棄物や汚物処理にも利用され、一般家庭にも広く浸透している。

一般家庭で出るような生ごみや汚物などを取り込んだスライムのスライムゼリーは、業者により回収され乾燥させて農業用スライムパウダーに加工され、堆肥(たいひ)として再利用されるのが一般的だ。そんなスライムが研究の対象にならないわけがなく、スライムの研究機関も多数存在している。そして、スライムを利用した産業は一大産業として、人々の生活に根付いている。

アベルに聞いた話だが、高等な教育機関にはスライムの専門学科もあるらしいので、通ってみたいが平民の俺にはまず無理な話だ。

深い知識が無くても、スライムにコレを与えればコレができるみたいな感覚で、スライムは一般家庭でも多く飼育されている。

その中でもポピュラーな物の一つが〝ラシシパウダー〟で、リンゴばかりを与えたスライムのスライムゼリーを乾燥させて粉にした物だ。前世で〝パン酵母〟と呼ばれていた物によく似た物で、パンやケーキを焼く時に使うとふわふわに焼き上がる。

リンゴ以外にも、干しブドウやバナナでも作ることができるが、入手のしやすさからリンゴを使うのが一般的である。ちなみにバナナは、南国からの輸入品が大半のため、俺の住んでいる国では少し高い。

余談だが、野生にいるスライムに毒性の個体が多いのは、無差別に食事をするので取り込んだ物同士がスライム内で結合され、毒化してしまい毒性のスライムになりやすいからだ。

ちなみに、前世の記憶に残っている、えっちな本によく出てきた衣類だけ溶かすようなスライムは、未だに遭遇したことはないし、作ろうとも思っていない。媚薬の素材をスライムに与え続ければ、催淫作用のあるスライムは作れると思うが、試した事はない。

便利で不思議な生き物のスライムだが、俺もスライムの飼育には自分なりに力を入れている。冒険者時代は宿屋に寝泊まりしていたため、たくさん飼う事ができなかったのだが、今は倉庫の地下室にスライム飼育ゾーンを作って、用途に応じたスライムを複数飼育している。

前世の知識を利用しつつ、色々な素材を試してみるのが思いの外楽しくて、ちょっとした研究施設のようになっている。

俺のスライムの知識は、随分昔に魔物使いの冒険者に教えてもらって、それ以後は実験と前世の知識を合わせた独学状態だ。

前世の〝化学〟なるものに似た反応を示すので、前世の知識がある俺にとってスライムの性質の変化は、なんとなく把握しやすく、そして面白かった。

俺の場合、分解スキルと前世の記憶があるおかげで、スライムの不思議化学反応のバリエーションを更に広げる事ができる。

先日、キルシェ達をうちに呼んだランチパーティーの時に振る舞った〝シュワシュワする飲み物〟の素の〝魔法の粉〟こと重曹も前世の知識を元にスライムを利用して作った物である。前世で学んだ知識をフル活用した結果だ。

自分の持っている分解と合成のスキルとスライムの特性を利用すると、前世の記憶にあるカガク反応という現象を、ある程度再現できることに気付いて以来、やりすぎない程度に色々と試してみている。

困ったらとりあえずスライムで試したら作れるかもしれない。俺の中でだいたいそういう結論になっている。

スライムさんマジ天使、いや神だな。

ちなみに重曹を作る工程で、塩水を分解と合成スキルを併用して分解すると、重曹の元となる白い結晶と同時に、強烈な酸性の液体ができてしまう。この液体、濃度が上がると更に危険性を増すので、使い道にも処分にも困り、今のところ収納の中に延々と貯めるしかなく、非常に物騒である。

幸い分解というスキルは、使用者の知識に基づいて分解されるので、俺が前世の記憶で持っている塩水の分解の知識がなければ、おそらくこういう形での分解はされないと思われる。俺と同じ世界の知識と分解スキルを持った者がいれば簡単に再現されてしまうけれど。

スライムの飼育、分解、合成といったスキルは一歩間違えると劇物を作り出してしまう可能性は高く、俺自身も何度かひどい目にあったことがある。

重曹欲しさに、水と風の複合属性である雷属性の魔石を与えて雷の属性を持たせたスライムに、純度の高い塩から作った塩水をひたすら与え続けたら、毒ガスを伴った強酸性のスライムを作り出してしまった事がある。その時は、スライムにごめんなさいしながら瓶に閉じ込め、しばらく食事抜きにして、無害なスライムに戻ってもらった。

特性が変化してしまったスライムは、食事を抜いたり別の素材を与える事で、まっさらとはいかないまでも初期に近い状態に戻したり、別の特性に変化させたりできる。ただし、迂闊（うかつ）に別の素材を与えて変化させようとすると、予想外に危険な物ができる事もあるので、逃げ出さないように閉じ込めて、食事を抜いて純粋な状態に近くなるまで日の当たらない場所で放置するのが無難である。

重曹はとても優秀な物質だ。料理にも使えるし、掃除にも使える。

すごく便利だ。便利だがこの重曹を比較的安全に作ろうと思ったら、俺の前世の知識を使った分解の工程を挟まないといけない。そして比較的安全と言っても、作成の工程で取り扱いに注意の必要な、強い酸性の液体ができてしまう。

つまり分解スキルがあっても、化学反応の知識がないと俺がやっている工程での重曹の作成はできない上に、分解スキルがあっても危険な強酸性の液体が一緒にできてしまう。

分解スキルを使わないで重曹を作る方法もあるが、これはあのやばい強酸スライムが生まれてしまったやつなので、闇に葬（ほうむ）っておきたい。

ちなみに分解スキルで重曹を作る過程でできる強酸性の液体を、スライムに与えて分解させてみて、危険なスライムが生まれるようなら餌を抜いて、無害なスライムに戻せばいいのではないかと試したことがあった。

その結果、少し甘い香りのする麻酔系の毒ガスを発生させるスライムを爆誕させてしまい、本気で命の危険を感じたので再びスライムにごめんなさいしながら、核の魔石を抜き取った。

あとに残ったスライムゼリーにも麻酔効果が残っていたので、そっと収納スキルの中にしまっておいた。

この毒ガスさえなければ、あの強酸の液体の処理はスライムでできるんだけどなぁ。毒ガス処理機能付きの水槽を購入するしかないか。

話が逸れてしまったが、何が言いたいかと言うと、重曹を安全に作る方法が見つからない。

いや、俺が知らないだけかもしれないけれど、アベルが〝魔法の粉〟の正体を知らなかったから、おそらくあったとしてもあまり有名ではないのかもしれない。

というかあの粉、アベルの鑑定でどう見えていたのか気になるな。

ちなみに重曹に関してアベルには、「塩を弄っていたら、偶然できちゃった」と言ってある。納得してくれているかどうかは知らない。

俺の中でルールがあって、俺にしかできない工程を挟まないと作れない物は、売り物にしないことにしている。

技術的な意味ではなく、スキルとか前世の知識的な意味でだ。

過去に海水から真っ白い塩を作って売ろうとして、アベルに散々お説教された事もあって、今は自分なりの線引きで作っているつもりだ。

技術や知識として他人に教える事ができる物なら問題ないのだが、前世の化学の知識を利用した分解をできるのは、俺や俺と同じ前世の世界の記憶を持った分解スキル持ちの者だけだ。

つまり、作れる人がほとんどいないのだ。だから世に出しても俺がいないと作れないのだ。

そういう物は身内でこっそり楽しむことにしている。重曹がまさにそれである。

化学の知識を誰かに教える？　無理無理、他人に教える事ができるほど俺の知識は深くない。ほとんどが行き当たりばったりのフィーリングによる作業だ。

だけど重曹は便利だから、どうにか誰でも作れるようにできないかと日々スライムを弄っている。

というわけで、パッセロ商店でもらったスライム用の照明を使って、今日もスライムを弄るのに忙しい。

あの照明を貰ってからは、夕食の後もついスライムを弄りにきてしまうようになった。

「うえぇ……またスライム増えてる……」

最近アイス目的で倉庫にちょこちょこやって来るアベルが、スライム置き場を覗(のぞ)いてこの反応だ。

確かに増えた。貰った照明の魔道具のせいでスライム実験が楽しくてしかたなくて、少し増えすぎてしまった。

量の多いものは水槽、少ないものは大きめのビンで飼育しているのだが、さすがに瓶も水槽も足らなくなってきた。

「スライム増えすぎて水槽も瓶も足らなくなったから、代金と手間賃を渡すから王都で買ってきてほしいんだけど」

「ええ……、まだ増やすの？　収納の中身もだけど、グランは何でもかんでも残しておきすぎ、増やしすぎ！」

「うぐ、でもいつか使うかもしれないだろ？　あっちとこっちのスライムの性質も違うし、処分してしまったらまた必要な時に作るの面倒くさいし？」

色々やっていたら増えたのだから仕方ない。それにスライムは生き物だからね、増えるものだし、処分するのもかわいそう。ついでにいっぱい水槽が並んでいるの見るとなんだか心が満たされる気がするし。

「もー、あんま増やしすぎると管理も大変になるからほどほどにね」

「お、おう」

「水槽と瓶は次に王都行った時に買ってくるよ。ところで、あの隅っこにある赤黒いスライムは何？」

部屋の隅っこにこっそり隔離していたスライムの水槽にアベルが気付いた。

「あれは、ニトロラゴラを餌にしたスライムだよ」

「は？　何やってるの!?　爆発はしないの!?　大丈夫なの!?」

「うん、水分たっぷり含ませてやったから大丈夫だよ。スライムに食べさせたら衝撃で爆発する事はなくなったよ」

使い道に困っていたニトロラゴラをスライムに与えてみた。

最初はビビりながら少量を、家から離れた場所で試してみて、スライムが取り込むと衝撃では爆発しなくなる事が確認できてからは、倉庫の中に持って帰ってきた。

こいつは太陽の光が必要なタイプのスライムなので、倉庫に移してからはパッセロ商店でもらった照明が大活躍だった。

「へ、へえ……」

アベルが疑い深い表情でこちらを見ている。

「ニトロラゴラみたいに衝撃で爆発することはなくなったよ。火を点けたら爆発する火薬みたいな？」

「結局爆発するんじゃないか！」

「爆発っていっても少量だとちょっと勢いよく火が上がるだけだから、スライムゼリーを布に染み込ませて乾燥させれば、着火剤として使えるよ？　ゼリーを乾燥させて粉にしたら普通に火薬にもなるよ」

「やっぱり最終的には火薬じゃないか！」

「まぁニトロラゴラだしな」

せっかくニトロラゴラのまろやかな使い方を考えたのに、アベルには不評だったようだ。

火を点けると爆発的な炎上をするので、あの水槽の回りは火気厳禁で、燃焼無効の効果が付与してある水槽に入れてある。安全管理はばっちりだ。

「野営の時に使う着火剤としては便利かもしれないけど、材料がニトロラゴラだから入手難度が高いな」

スライムゼリーの着火剤には、アベルも使い道の可能性を感じるようだ。

魔法で炎が出せるとはいえ、野営などで火を熾して継続的に程よい火力で燃焼させ続けるのは、また話が違う。

火力調整の苦手な魔法使いが、野営で薪に着火しようとしたが、火力が強すぎて一度に薪を燃やし尽くしてしまったりすることもある。

天候が悪く薪が湿気っていて火が点きにくい時はアベルもわりとやる。

俺みたいに魔法が使えないとなると、そういう日に着火用の魔道具を使って火を熾すのは、なおのこと面倒くさい。そういう時に便利だと思うんだけどなぁ。

粉にした火薬の方も、魔法が使えない俺にとっては、発破用の火薬になるのでわりとありだと思う。こないだの爆弾ポーションよりまろやかだし。

とはいえ、爆薬なんかとは無縁なスローライフを送りたい。決してこれは振りではない。振りではないからなーー!!

着火布の方は俺も使いそうだし、パッセロ商店に置かせてもらってお客さんの反応を見てみよう。

「量産しようにもニトロラゴラは滅多に売ってないし、持って帰るのも収納スキルかマジックバッグ必須だしな。うーん、ニトロラゴラ捕まえてきて、畑に植えるか？」

「やめろ！　それだけはやめろ!!」

ですよねー？　冗談ですよ？　さすがにアレは畑に植えたくない。

「うわぁ……グラン、変な称号が増えてるよ」

称号とはその者の性質を表す呼称である。その者の行いが称号に反映される。特に目立たず出しゃばらず、平凡な人生を送ってきた俺は、今までは〝オールラウンダー〟の称号しかなかった。

「え!?　ステータス・オープン」

アベルがものすごく微妙な顔をしているので、自分のステータスを確認してみた。

そういえば、このたびのリックトータス騒動やランチパーティーのおかげで、どさくさでレベルもスキルも少し上がっていて地味に嬉しい。それと、マニキュアを作って色々試したり、五日市で女の子に塗ったりしたせいか〝美容〟なるスキルが生えてきていた。

そしてアベルのいう変な称号。

「え……スライムアルケミストって何？　スライム錬金術師ってどういうこと？　しかも何か飼育スキルが生えてきてるし。調教のスキルに魔物の飼育も含まれると思ってたけど飼育は別物なのか」

「スライムばっかり弄ってるからじゃ？　まぁグランのやってること錬金術に近いしね」

「えぇー、どうせならもっとかっこいい称号が欲しい」

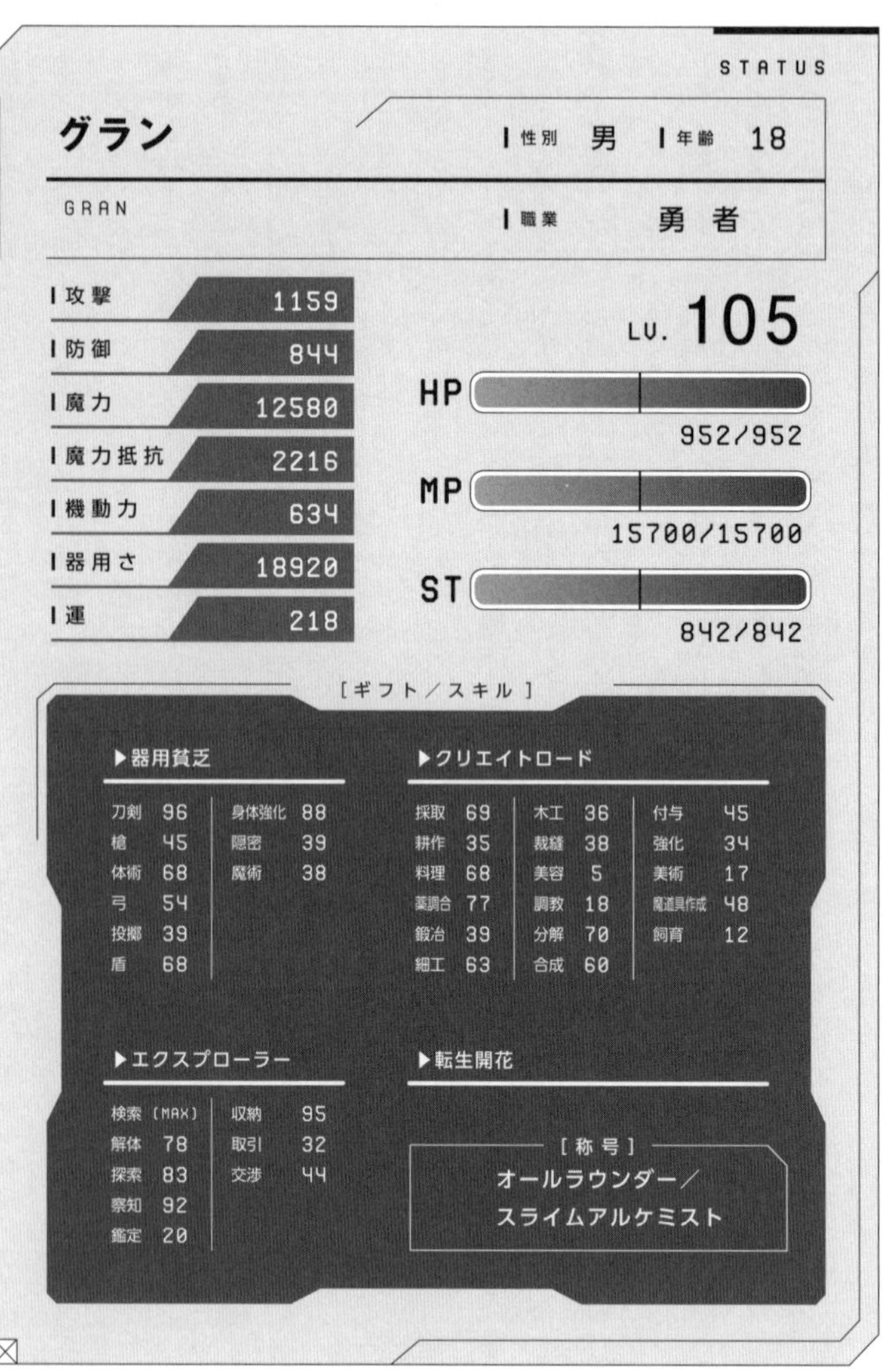
STATUS
グラン
性別 男
年齢 18
GRAN
職業 勇者
攻撃 1159
防御 844
魔力 12580
魔力抵抗 2216
機動力 634
器用さ 18920
運 218
LV. 105
HP 952/952
MP 15700/15700
ST 842/842
[ギフト/スキル]
▶器用貧乏
刀剣 96
槍 45
体術 68
弓 54
投擲 39
盾 68
身体強化 88
隠密 39
魔術 38
▶クリエイトロード
採取 69
耕作 35
料理 68
薬調合 77
鍛冶 39
細工 63
木工 36
裁縫 38
美容 5
調教 18
分解 70
合成 60
付与 45
強化 34
美術 17
魔道具作成 48
飼育 12
▶エクスプローラー
検索 (MAX)
解体 78
探索 83
察知 92
鑑定 20
収納 95
取引 32
交渉 44
▶転生開花
[称号]
オールラウンダー/
スライムアルケミスト

「錬金術師系の称号なんて、すごくレアいじゃないか、スライムだけど」

「スライムなんだよなぁ」

こうして、とても微妙な称号が増える事になった。

ちなみにあの着火用の布は、アベルの反応は微妙だったが、後日パッセロ商店に持ち込んだら、わりと好評でちょっとした小遣い稼ぎになった。

今度ニトロラゴラを見かけたら、確保しておかないとな。

gran & gourmet 02

第二章

転生開花というギフト

植物の茎を切ったら、そこから酒が出てくるなんてどこの神話だよ!?

って思うじゃん？　この世界にはあるんだな、これが。

「みぃーーーっけた！」

自宅の裏の森こと、アルテューマの森を散策すると、探し物はすぐに見つかった。


大きな木に巻き付いてその表面を這（は）うように伸びる蔓（つる）状の植物が、俺が探していたものだ。

大木に巻き付いて成長しているその植物は、黄色い花を付け、また所々に人間の腕ほどの長細い実が垂れるように生（な）っていた。

初夏から夏にかけて実を付ける、ポラーチョという名の植物で、俺の目的はその実……ではなく茎の方だ。

大木の上の方まで伸びているポラーチョの茎を、根元より少し上の辺りをナイフでスッパリと切り、収納から取り出した大きな空き瓶にその茎を挿した。

切断した茎の先からチョロチョロと液体が吹き出し、挿し込まれた瓶の中に溜まっていく。これだけ大きなポラーチョならこの株だけで、持ってきた瓶がいっぱいになりそうだ。

正確には茎を切断すると出てくるこの液体が目的だ。

植物の茎を切ったらそこから酒が出てくる世界、マジでファンタジーだよ!!

このポラーチョという植物、根から吸い上げた水分を酒に変化させるらしい。理屈など知らないけどまさにファンタジー!

ITEM

ポラーチョの酒

レアリティ	品質
E	上

効果：酩酊〔中〕

用途：料理、調合等に用いる

備考：ポラーチョの茎から流れ出る酒
このままだと青臭くて飲みにくい

そして根元の辺りを切るとその酒が茎から滴ってくるのだ。

しかし、鑑定スキルさんの言う通り、そのままだとすごく青臭くて飲めた物ではない。味も良くないので簡単に手に入る酒とはいえど、好んで飲む者はあまりいない。

このままでは飲みにくいが、氷砂糖やハチミツ、それと香りの強い果実と一緒に漬け込んで時間をかけて熟成させると、果実の香りに、氷砂糖やハチミツの甘味で風味と口当たりがよくなり、とても飲みやすくなる。

ただ、砂糖ですら高いこの国では、それが結晶化した物となると更(さら)に高価である。ハチミツは砂糖よりも安いが、それでもわざわざハチミツを購入してまで、この青臭い酒を飲むくらいなら、素直にエールやワインを飲む方が安上がりだ。

そして、飲めるまで熟成させるのに数か月から年単位の時間がかかるので、そこまでしてこのポラーチョの酒を飲もうと思う者はあまりいないのだ。

そんな不人気なポラーチョの酒だが、酒精だけは強い。そりゃーもう蒸留酒並みの強さである。

飲みにくいが酒精だけは強く、香りが強い果実と一緒に漬けて熟成させれば青臭さは消える。

リュネの実を漬けるのにはちょうどよくない？　ってことで、森に探しに来たらすぐに見つかった。

今回はハチミツを使う予定だが、少しだけ氷砂糖を使った物も作ろうと思っている。

現在おうちでは今頃スライムさんが、砂糖の原料になる素材を食べて、氷砂糖を作り出してくれているはずだ。はー、スライムさんマジ最高。

というわけで、無事にポラーチョを見つけて、その酒を回収中である。

持ってきた瓶いっぱいに溜まるまでの間は暇なので、根元で茎を切ってしまったポラーチョに生っている実を回収しておこう。

茎を根元ですっぱり切ってしまったから、後は枯れるしかないからね、実がもったいない。

ポラーチョの実は食べてもあまり美味しくないのだが、とても繊維質な実なので実を水に浸けて皮と果肉部分を腐らせる。繊維部分だけを取り出して乾燥させればスポンジ状になるので、タワシ代わりとして使ったり、クッション材として使ったりできる。

なんか前世の子供の頃に、夏休みに似たような植物育てた記憶があるな？

木によじ登って、ポラーチョの実を捥いでるうちに、瓶いっぱいに酒が溜まっていた。

まだ酒が出てきそうな感じだったので、瓶を入れ替えて打ち止めになるまで回収しておこう。このまま残りを地面に垂れ流すなんてもったいない。どうせ収納スキルの中にしまっておくので、いくらあっても問題ない。大は小を兼ねる。実に良い言葉である。

ポラーチョの酒を最後まで回収したら次の探し物へ。

リュネの実、つまり梅。梅といえばやっぱアレだよな!!

う　め　ぼ　し　！

くっそ酸っぱい梅干しで、アベルのお綺麗な顔が歪むの見てみたい、なんて事は思ってないから。

というわけで、次は梅干しの材料のアイツを探しに行くのだ。

少し季節を過ぎているので、あるかどうかはわからない。まぁ、なかったら来年かな。

探しているのは梅干しの赤い色の元になる赤ジソだ。

前世のシソとは少し違うが〝レスレクシオン〟という薬草が、緑の方のシソに酷似している。俺が探しているのは赤い方のシソでこちらは〝カーマクシオン〟という薬草だ。緑の方がよく見かけるが、実は赤い方が原種らしい。

クシオン系の薬草はどれも毒消し効果が強く、ポーションの素材としても有能だ。特に赤い方、カーマクシオンは毒消しと体力回復効果の両方を持ち合わせており、人気のあるポーション素材だ。

クシオン系は繁殖力が強く、野生でもどんどん増えていく。ボロボロと種を零して、ボコボコと生えて、どんどん増えていく。

うちの畑に植えれば楽に採取できるかもしれないけれど、幼女の祝福で植物が育ちやすくなっているところに、こんな繁殖力の強い植物を植えるとどうなるか、想像できない俺ではない。嫌な予感しかしないので、クシオン系の薬草は畑に植えないで、自生している物を採ってこようと思う。

ちなみにクシオン系の薬草の風味は前世のシソとだいたい一緒だから、青い方は天ぷらにしたらきっと美味しいんだよね。葉っぱも美味しいけれど、花穂の天ぷらもいいんだよね。天ぷら食べたくなったたな。

赤い方が本命だけど、青い方も見かけたら持って帰ろう。ひたすら葉っぱ天ぷらにして食べたい。

ちなみにレスレクシオンは、クシオン系の薬草の中でも特に繁殖力が強い。畑に植えておけば、レスレクシオン無限天ぷらを気軽に楽しめそうだが、こちらも幼女の加護がある畑に植えるのはやめた方がいい気がする。畑がレスレクシオンに占拠される未来しか見えない。

レスレクシオンは丁度今の時期が旬なのですぐに見つかりそうだが、本命の方のカーマクシオンはすでに旬を過ぎているため、手に入ればラッキー程度の気持ちだったのだが、どちらもあっさり見つかった。

カーマクシオンは旬が過ぎているため、花が終わり種を撒き散らす時期に突入しており少々質が落ちているが、ポーション用ではないのでよしとしよう。

レスレクシオンはまさに旬だったので、質のいい物がいっぱい手に入った。

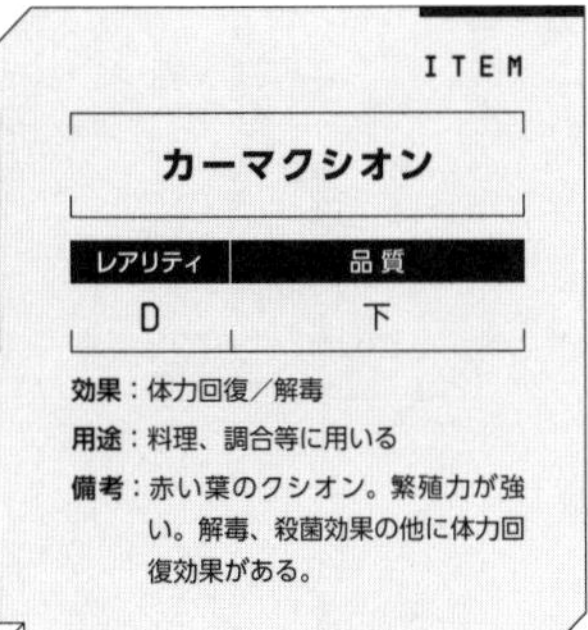

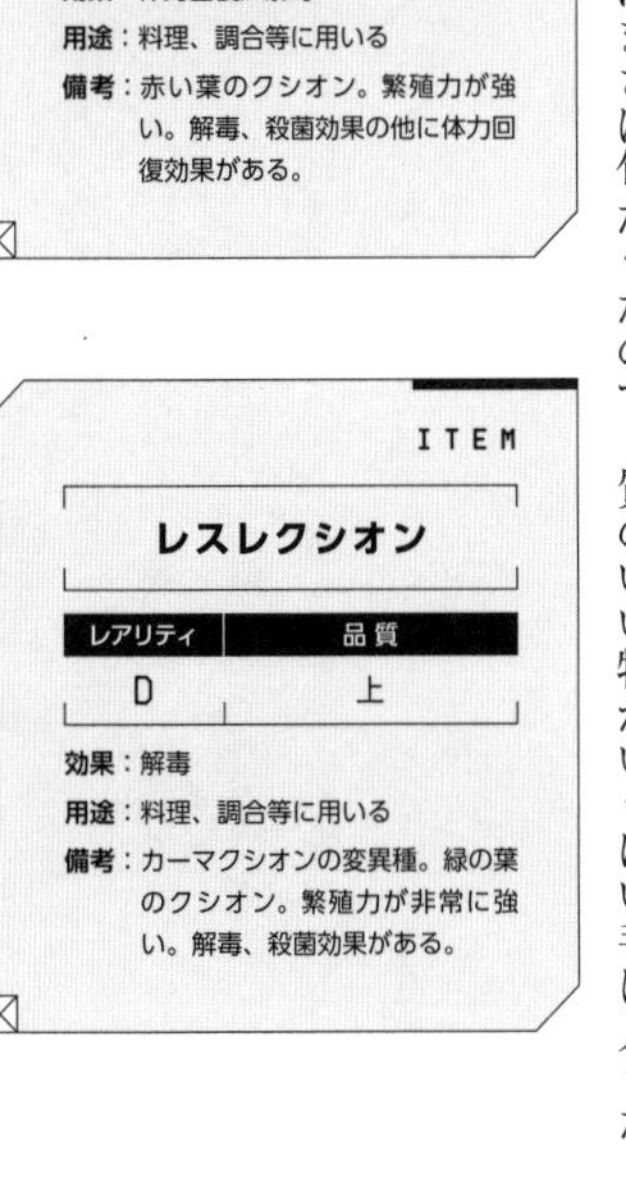

青い方をいっぱい毟っているのは、質が良かったから毒消しのポーションにするためだよ？　決してひたすら天ぷらにして食べようと思っていっぱい採っているわけではない。天ぷらはついでだ。いいね？　もちろん、まだつぼみの花穂も回収してきた。

赤い方は旬が過ぎて品質は落ちてはいたが、量はあったのでこちらもどっさりと回収した。こちらは砂糖漬けにしてシロップにすると、甘い物好きが喜びそうだな、って。あと、赤い方で作ったジュースはアンチエイジング効果があるとかなんとか聞いた事がある。

目の前にいっぱい青と赤のクシオンが群生していて、ついつい夢中で葉っぱを毟っていて周りの警戒を怠っていた。

クレシオンの茂みを掻き分けて葉を毟っていたら、茂みの中から突然馬の顔が現れて、変な声が出た。

「ふおっ!?」

「ンヒッ!?」

慌てて後ろに跳んで、馬との距離を取った。

対して相手の馬も、鉢合わせするまで俺の存在に気付いていなかったらしく、変な鳴き声を出して茂みの奥へと引っ込んだ。

なんか灰色のきちゃない馬だったなぁ。

馬かー、たてがみの生えている部分の肉、美味いんだよなぁ。馬と言えば馬刺しだよなぁ。またアベルに肉食獣とか言われそうだけど、馬刺しは美味い。

クシオンを刈っている途中だが、食欲に負けて馬と鉢合わせした茂みを掻き分け、馬の後を追ってみる事にした。

しかし、何でこんな森の中に馬が？

顔というか近すぎて鼻先しか見えなかったが、まさかスレイプニルか？　スレイプニルならそう簡単には倒せないかもしれないな。いや、むしろ俺一人で倒すのはちょっと無理かもしれない。

スレイプニルは足が八本ある馬の魔物だ。軍馬より更に体格がよく、知能も戦闘能力も高く、魔法も使うAランクの魔物だ。

スレイプニルにしては少し小さかった気がするから。子供だったのかもしれない。仔馬（こうま）なら捕まえる事ができるかもしれないいな。

スレイプニルは賢いので、スレイプニルに主（あるじ）と認めさせれば、その背に乗る事を許してくれる。子供のスレイプニルなら比較的捕まえやすく、愛情を注げば成体よりは信頼関係を築きやすいと聞いた事がある。

そんな事を考えながら茂みを掻き分けて進んだ先で、こちらに背を向けて獣道を走り去る灰色の馬の姿が見えた。

足は四本しか見えなかったから、ただの馬だったようだ。

「くそぉ、馬刺しに逃げられてしまった」

逃げられてしまったものは仕方ない。次にまた会ったらその時は馬刺しだ。

また会おう馬刺し君!!

馬刺し君に逃げられたしクシオンの採取に戻るかなぁ。

もう少しクシオンを採ろうと思い、ガザガザと茂みを掻き分けて先ほどの場所へと向かった。

先ほど気が緩んで馬刺し君とこんにちはをする事になったので、今度は周囲の気配を警戒しながら進んでいた。

しっかり、周囲の気配には注意していたんだが……。


「うわっ!」

「うお!?」


茂みを掻き分けて進んだ先で、別の茂みから突然出てきた少年と顔を突き合わせる事になった。

ぱっと見十歳くらいの小柄な少年――だが、ただの少年ではない。

まず目がいったのはその瞳――瞳孔が横長で人間のそれとは明らかに違う。

よく見るともじゃもじゃの髪の毛の隙間から、髪と同じ色の毛の生えた小さな垂れ耳が見え、その上の辺りからねじ曲がった二本の太い角が生えているのが見えた。

しかしその角は、両方とも付け根より少し先でへし折られたように先端がなくなっていた。

そして着ている服はチュニック状の袖の短い上着だけで、腰から下は毛むくじゃらの動物の脚、足先は蹄になっている。

角や毛の雰囲気からして山羊かな？

森に棲んでいる山羊獣人の子供か？　モグラの獣人の住み処があるのだから山羊の獣人の住み処があってもおかしくないな。

「うわ！　お前あの時の!!」

「ん？　どっかで会ったか？」

あの時ってどの時だ？

「あ、しまった！　くそ！　くそ！　角があったらお前なんかーーー!!」

山羊少年は何かよくわからない事を言いながら、くるりと向きを変えて茂みの方へ走っていった。

ズベッ!!

あ、こけた。

こけた先がイバラのブッシュだなぁ。顔面から突っ込んで痛そうだなぁ。大丈夫か？

「おーい、大丈夫かー？」

イバラの中に頭から突っ込んでしまった山羊少年に声を掛け、脇の下に手を入れてイバラの中から引っ張り出してやる。

「やだ！　放せ！　クソ人間!!　俺なんか食っても肉なんかほとんどないぞ!!」

いや、山羊なら食うかもしれないけれど、山羊の獣人は食べないかな？

何を誤解しているのか、持ち上げたら手足をバタバタさせて暴れた始めた少年を地面に下ろしてやる。

その顔はイバラのトゲで傷だらけである。

「食わない食わない。獣人なんか食うわきゃねーだろ。ほら、そんな事より顔がイバラで傷だらけだ。手当しないとばい菌が入って目が見えなくなるかもしれないし、こわーい病気になるかもしれないぞ」

「え!? 目が見えなくなる？ こわい病気？ やだ！」

目の周辺にもイバラのトゲでついた傷があるため、放っておくとばい菌が入って腫れてしまうかもしれない。そうなると視界にも影響が出てしまう。

それに自然のものには、ばい菌がいっぱいだ。小さな傷が原因で命に関わる病気になる事だってある。

「手当してやっからそこの石の上に座れ」

近くにあった手頃な石の上に少年を座らせて、収納の中から瓶に入った傷薬と綺麗な布、ハチミツとスライムゼリーで作った飴を取り出した。

小さい傷なのでポーションを使わず薬を塗って自然治癒でいいだろう。

「ヒッ!? 何それ!!」

「ただの薬だよ。ちょっとしみるかもしれないから、これでも舐めてろ」

ビクビクしている少年の口の中に飴を放り込んだ。

「うわ！　何!?　え？　甘い？　うわっ！　痛いいたいイタイ!!　うわあああああ!!」

「ほら、男ならこれくらい我慢しろ」

飴に気を取られているうちに、顔に付いた汚れを拭き取って綺麗にしてペースト状の傷薬を塗ってやる。少々しみる薬だが効果は確かだ。

「うぐぅ……、男だけど痛いものは痛いんだ」

「いい子だ、顔は終わったから次は腕も見せてみろ。最後まで我慢できたら、おやつをあげるからな？　さぁ、腕を出して見せてみろ」

「おやつ!?　いや、そんなもので釣られるもんか！」

少し拗ねたふうにプリプリとしながらも少年は素直に腕を出した。

「やっぱり、腕も傷だらけじゃないか。この辺はトゲが残ってるな、トゲも抜いてやるから大人しくしてろ」

「ふぇ!?　それは痛くないのか!?」

「少しチクッとするかもしれないが、トゲは抜いておかないとばい菌がいっぱいだからな。男ならチクッとするくらい我慢できるよな？」

「チクッとだけだよな？　絶対にチクッとだけだぞ？　チクッとなら我慢できるし！」

腕を俺の方に出してキュッと目を閉じている山羊少年はなかなか可愛い。

少年が目を閉じている間に腕に刺さっているトゲを一つずつ丁寧に抜いて、傷口を片っ端から綺麗に拭いていく。

最後に少ししみる傷薬を塗って手当完了。


「くぅ……しみたけど我慢したから約束通りおやつくれよ！」

「おやつもやるけどその前にこれを手にはめておけ」

下半身は山羊なので毛皮に守られているが、上半身は人間なので皮膚が獣に比べてずっと弱い。

そんな皮膚が剥き出しの袖の短い服で森の中をウロウロしていたら傷だらけになってしまうし、変な虫にも刺されやすい。

少しサイズは大きいが、普段俺が農作業の時に使っている肘より上まである手袋を少年に渡した。

「これは？」

「腕を守る手袋。手のひらの部分はここのボタンを外せば指が出るようになっているから、細かい作業をする時はここを外して指を出すんだ。これを着けておけば木の枝で引っかかれる事もないし虫にも刺されない。人間の皮膚は獣に比べて弱いからな、森の中で半袖は危ないぞ」

「い、今はちょっと薬草を摘んでたからこの姿なだけだし。いつもはヤエ……い、いつもはちゃんと手袋を着けてるけど、きょ、今日は忘れてきただけだ。でもくれるならありがたくもらうし！」

少年は一瞬言葉に詰まったが素直に手袋を受け取っていそいそと両手に着けた。

「やっぱ俺のだからちょっとでっかいなー。まぁ、子供の成長は早いからすぐにでかくなるだろ」

「でっかくなる？　俺が？」

ん？　手袋よりそこに反応する？

小柄な少年だから大人に憧れているのだろうか？

「そうだな。獣人はよくわからないが、人間は子供から大人になる段階で急激に成長する時期があるぞ」

「そっか、俺も大きくなるかな？」

「種族差はありそうだけど、お父さんかお母さんの体格が良かったら、大きくなれるかもなぁ。そのためにはしっかり運動してしっかり食べてしっかり寝るんだぞ」

体格は親からの遺伝がありそうだが、目をキラキラとさせている少年の前で大きくなれないなんて言えるわけがない。

山羊の獣人だし、折れてはいるが頭に生えている角が体格に合わないほど太いから大きくなりそうだけど。

「そっか、成長したら俺も大きくなれるのか……そうかー、えへへへへ……」

納得と期待の表情で少年がうんうんと頷いている。

「ほら頑張ったから約束のおやつだ。それから傷薬もやるから、治るまで毎日塗っておくんだ」

収納からクッキーの入った袋と傷薬の入った瓶を取り出して少年に渡した。

「あ、ありがと」

「おう、じゃあ俺はそろそろ行くからな。気を付けて家に帰れよ」

ついわしゃわしゃと少年の頭を撫でてやった。

そりゃあもう無意識で。ちょうど撫でやすい場所に頭があったから。

「わ……っ!!　って、こ、子供扱いするな!!　お、俺は強いんだぞ!!」

せっかくデレたかと思ったらツンが戻ってきてペシッと手を払われてしまった。

動物の頭を無闇に上から撫でてはいけない。男の子の頭も、もちろん女の子の頭もだ。

「悪い悪い」

「くそっ！　絶対にでっかくなって見下ろしてやるんだからな！」

少年がピョンと茂みの中へと飛び込んでいく。

「おう、しっかり食ってでかくなれよ」

「言われなくてもでっかくなってやるからなー!!　覚えてろよ!!　それに絶対に今日の礼はするからな!!　じゃあな!!」

まるで捨て台詞のようなツンデレ風味な言葉を残して少年は森の中へと消えていった。

たいした事はしていないから別に礼とかいらないけれど、あの様子だとまたひょっこりどっかで会いそうだなぁ。

おっと、クシオンを集めている最中だった事をすっかり忘れていた。

もう少しクシオンを集めてから家に帰るとしよう。

◆◆◆

面倒くさい。これは思った以上に面倒くさい。

俺は今、大量にあるリュネの実の〝ヘタ〟を取っている。

実の上側のヘソのような部分に、少しだけ残っているヘタを一つずつ、細長い木製のピンで取り除いている。

敷地の隅っこに植えてずっと芽が出なかったリュネの種が、クルとラトの力で立派なリュネの木となり、たくさんの実を付けたので、そのリュネの実を酒に漬けたり、シロップにしてみたり、漬物にする事にしたのだ。

そのための材料は、昨日森で調達してきた。

後はリュネの実を漬けるだけだと思っていたんだ。

その漬けるための下準備が、予想を遥(はる)かに上回る地獄のような作業だった。

そういえば、前世でも梅を漬ける前の下準備の作業をよく、母親や祖母に手伝わされていたな。

この作業を楽に進められるスキルはないかと考えたが、そんな便利なものなんてなかった。

昨夜、寝る前にリュネの実をアク抜きのために水に浸け、早朝に起き出しリュネの実を水から上げて、倉庫の作業台に広げて自然に乾くまで放置していた。

朝食後に、それらを一つ一つ乾いた布で拭いて残った水分を丁寧に取っていく。この時点ですでにくそ面倒くさかった。

それが終わると、今度はリュネの実のヘタを取る作業だ。

面倒くせえええええええ！！！

そんなわけで、ちまちまとリュネの実のヘタをほじくる作業をしている。

クルとラトが張り切ったせいで、すげー数が目の前に積み上がっている。

「グランー、こっちの終わったよー」

「私も終わりましたぁ」

「わたくしも終わりましたわ、次のをくださいまし」

大量のリュネの実を前に、死んだ魚のような目をしていた俺を助けてくれたのは、幼女三姉妹達だ。

あの食事会以降、三姉妹はラトと一緒にうちに夕飯を食べに来るようになった。

その後、住み処に帰る日もあれば、俺達が晩酌（ばんしゃく）をしている間に三姉妹達が眠ってしまって、そのまま泊まって翌日の朝食も一緒に食べる日もある。

昨日は夕飯後、ラトと一緒に住み処へと帰っていったのだが、今日の朝食の後、俺が黙々とリュネの実のヘタを取る作業をしていると、三姉妹達がふらりと遊びにやって来た。

最初のうちはおやつを食べながら俺の作業を見ていたのだが、おやつを食べ終わったらおやつのお礼だと言って、リュネの実を拭く作業とヘタを取る作業を手伝ってくれている。

幼女優しい。幼女可愛い。マジ女神。

ちなみにこの大量のリュネの実を生み出したラトは、日課の森の見回りが忙しいらしく今日は姿を見せていない。

おのれ、梅酒ことリュネ酒を飲みたくて、リュネの花を全部実にした張本人め!!

まぁいい、リュネの実をいっぱいくれたからには、リュネ酒以外にもリュネを使った料理を振舞ってやろうじゃないか。

酒好きのシャモアの私欲にまみれたリュネの実のヘタを取る作業を、楽しそうに手伝ってくれる幼女達まじ天使。今なら女神に見える。

大量にあったリュネの実だが、幼女達のおかげで午前中のうちにヘタを取る作業が終わった。ありがとう幼女様。

ヘタを取る作業が終わったので、ここでいったん休憩してお昼ご飯だ。

いっぱいお手伝いしてくれた幼女達には、張り切ってお昼ご飯をご馳走しちゃうぞぉ!

俺は決してロリコンではないが、お手伝いをしてくれた幼女達にデレデレである。

今日のお昼ご飯は、以前アベルが持ってきた黒くてくそデカイ魚のオイル煮ことツナを、マヨネーズで和えてパンに挟んだツナマヨサンドである。幼女達は子供ではないが、子供はツナマヨが好きというイメージがある。

前世では魚のオイル煮は缶に入った既製品が主流だったが、案外簡単に自作できる。

香りのよい植物性の油——今回はエリヤ油という前世のオリーブオイルに似た油を使った。

底が深い小さいフライパンに、このエリヤ油を魚の切り身を浸せるくらいの量を入れて、そこにニンニクとハーブを加えて油に香りを移すためにしばらく放置する。

今回使用したハーブは、ローズマリーとタイムだ。ローリエも捨てがたいところだが、俺は魚料理にはローズマリーが好きだ。

油に香りが移ったら、魚の切り身を一口サイズくらいに切って入れる。全体が油に浸からなければ、浸かるまで油を足す。

魚は漬ける前に軽く塩を振って、その塩を落とすという作業をしておけば生臭さがかなり減る。

あとは、弱火に掛けて魚の身が白っぽくなるまで火を通すだけだ。

火が通ったら、気持ち塩を振って、冷めたらオイルごと瓶に詰めて完成。

ハーブとニンニクは入れっぱなしでもいいのだが、長期間入れていると匂いが強くなりすぎるので、俺は瓶に入れる前に抜いてしまう派だ。

オイルに漬けてあるので収納スキルなしでも長期保存は利くから、作り置きしておけばいつでも料理に使えて便利だ。

収納スキルがなくても長期保存が利くけれど、結局収納の中に入れてしまう。収納スキル便利すぎなんだよ。

そんなわけで、以前作った赤身魚のオイル煮が収納の中にあったので、今日のお昼ご飯はそれを使ったツナマヨサンドだ。

ウルのおかげでスクスク育ったレタスも一緒に挟んである。

ツナ！　レタス！　マヨネーズ！　最高の組み合わせかな!?

「お昼ご飯、ごちそうさまでしたぁ」

「つなまよさんど、大変美味しゅうございました」

「また後で来るわ！」

「こちらこそ、三人で手伝ってくれたおかげで、果てしない作業が早く終わって助かったよ、ありがとう」

お昼ご飯のツナマヨサンドをペロリと完食した幼女達が、三人並んでペコリとお辞儀をして、手を振りながら森へと帰っていった。

「ラトにはつなまよさんどの事は内緒ね」

「もちろんですわ。今まで自分だけ美味しいご飯を食べていたようですし」

「食べ物の恨みは怖いのですぅ」

森へ帰っていく幼女達の会話がチラリと聞こえてきた。食べ物の恨みは根深いようだ。

幼女達が帰った後は梅酒と梅干し作りだ。梅ではなくてリュネだからリュネ酒とリュネ干しかな？

まずは簡単な方のリュネ酒から。

梅酒ことリュネ酒は、リュネの実を氷砂糖と一緒に、酒精の高い酒で漬けるだけだ。

作り方自体は簡単なのだが、今世では砂糖が高い。氷砂糖ともなると更に高い。前世のようにお手軽に買える物ではない。

砂糖は高いが、ハチミツは比較的お手頃価格だ。

俺のいる国では、巨大なミツバチの魔物の養蜂産業が確立されているおかげで、砂糖よりハチミツの方が安いのだ。

というわけで、氷砂糖ではなくハチミツを使おうと思う。一応、氷砂糖も少しだけ用意しているので、その分だけは氷砂糖で作って、ハチミツで作ったものと飲み比べだ。

大きな瓶にリュネの実を入れ、そこにハチミツをドバーッと入れる。どうせハチミツは下に落ちていくので、リュネの実と交互に入れるとかそんな手間な事はしなくていい。そして最後にポラーチョの酒を、瓶いっぱいに入れ、蓋をして冷暗所へ置いておく。最初の二週間くらいは、時々瓶を揺らして、底に溜まっているハチミツを溶かさないといけない。

量はリュネの実を一とすると、ハチミツは一より気持ち少なめ、ポラーチョの酒は二くらいだ。

ハチミツを入れた方のリュネ酒は、二つ作っておく。一つは自然に熟成させて、一つは収納スキルさんで時短して作る物だ。

梅酒と同じ感覚なら、美味しく飲めるには最低三か月、飲み頃になるのは半年から一年。一年ほどで中の実を酒の中から引き上げ、その後は時間と共に味は深みを増す。

酒から引き上げた実はそのまま食べるもよし、ジャムにするのも、デザートにしてもよし、調味料代わりにしてもいい。と、色々使い道がある。

ハチミツの方が終わったら、次は氷砂糖の方だ。こちらはあまり量がない。

氷砂糖は砂糖から作ろうと思ったら、めちゃくちゃ手間がかかる。そんな時、いてよかったスライムさん!!

スライムに、砂糖の原料となるシュガーラゴラを食べさせるだけだ。

シュガーラゴラは、マンドレイク系の魔物で小振りな大根のような姿をしていて、その根の部分は非常に甘く、質は高くないが砂糖の原料となる。ぱっと見は大根のようだが、根は必ず二股になっている。

そしてコイツ、その二股で自分から地面から抜け出して、自力で徘徊する。自分で地面から抜け出す癖に、他人に無理やり抜かれると、精神にダメージを及ぼす奇声を発する。小動物のような弱い生き物だと、ショック死したり発狂したりすることもある。普通の人間なら、パニックになるくらいだと思う。

安全に狩ろうと思えば、眠らせて抜くか、耳栓をしてから抜くか、歩き回っているところを倒すしかない。

そして名前に〝ラゴラ〟と付くからには、ニトロラゴラとは親戚みたいなものだが、奴と違って爆発はしない。

ちょっと精神汚染効果のある奇声を発したり、砂糖由来の甘い息を吐いて眠りを誘ったりしてくるくらいだ。

そんなシュガーラゴラをスライムに食べさせると、水あめのような甘いゼリーの体になり、少し白く濁った氷のような結晶を吐き出す。この結晶は砂糖的な甘さなので、多分氷砂糖だ。と思う。鑑定さんでもショ糖の結晶って見えるから氷砂糖だよ!!

こんな感じでスライムから氷砂糖は作れるが、そんな多くは作れなかったので、氷砂糖製のリュネ酒は少しだけだ。

こちらは、中くらいの瓶にリュネの実と氷砂糖と交互に層を作るように入れて、最後にポラーチョの酒を入れる。

こちらも割合はリュネの実が一、氷砂糖が一より若干少なめ、ポラーチョの酒が二だ。たまに瓶を揺らしてあげないといけないのもハチミツ版と同じである。

こちらは収納スキルを使わず、自然熟成の予定だ。後は、暗くて涼しいところに置いて熟成されるのを待つだけだ。

リュネ酒が仕込み終わったので、次はリュネ干しだ。

こっちは、リュネ酒よりかなり面倒くさい。だがこれはぜひ、アベルとラトに食べてもらいたいから頑張るつもりだ。

あの綺麗なお顔を歪ませたいよなぁ？

梅干しことリュネ干しは面倒な手間が多いし、収納スキルで時短できない工程があるので、完成までには時間がかかる。

まずは最初の塩漬け。

これはリュネの実を塩と一緒に漬けるだけだ。

リュネの実に軽くポラーチョの酒を振ったあと、浄化の魔道具でしっかり浄化した大きな壺(つぼ)に、リュネの実の層と塩の層が交互になるように詰め込んでいく。

リュネの実と塩の比率は五対一くらいだ。塩はもう少し減らしてもいいのだが、減らしすぎるとカビやすくなるし、梅干しらしい味にするなら塩は気持ち多いくらいでいい。

リュネの実と塩を詰め込み終わったら、分厚い陶器製の中蓋をしてその上に重石を載せて、一週間ほど放置しなければならない。今世にはビニールなんて便利な物はないので、中蓋の上には水分を弾く性質の大きな葉っぱを掛けておいた。

重石は、漬けてあるリュネの実の約二倍の重さが理想だ。大きめの石を浄化してドンッと載せておいた。

最後に蓋をして収納スキルの中にポイっと放り込んでおく。この塩漬けの工程は、時間加速の収納スキルで時短だ。

収納スキルさんに頑張ってもらっている間に、赤い方のクシオンことカーマクシオンの葉っぱを丁寧に洗って、塩を入れてよく揉んでしっかりとアクを抜く。この作業を数回に分けて繰り返す。この工程は非常に重要だ。ここで手を抜くと、リュネ干しの色が悪くなってしまう。

前世で、赤紫蘇を塩もみしてアクを抜く作業よく手伝わされていたんだよなぁ。

カーマクシオンのアク抜きが終わる頃には、リュネの実の塩漬けが終わっているはずだ。

収納スキルからリュネの実を塩漬けしている壺を取り出して中を開けると、いい感じにリュネの実は重石の重さで押し潰されて、やや褐色がかった透明な液体が、リュネの実の上まで溜まっていた。梅酢ならぬリュネ酢だ。

塩漬けしたリュネの実はリュネ干し以外にも使いたい事があるので、三分の一ほど別にしてよけておく。

そして壺の中に残ったリュネの実と一緒に残っているリュネ酢を、リュネの実がギリギリ浸るくらいの量まで、お玉で掬(すく)って減らす。掬ったリュネ酢は、いったん別の容器へ移して残しておく。リュネ酢をリュネの実がぎりぎり浸るくらいまで減らしたら、先ほどしっかりと塩で揉んでアクを抜いたカーマクシオンをリュネの実の入った壺に広げながら詰め込んでいく。

詰め込み終わったら、先ほど掬って分けてあるリュネ酢を、リュネの実の上に載せたカーマクシオンが浸るくらいまで注いで、その上に塩漬けの時にも使った分厚い陶器の中蓋を置いておく。

この時の重石は、塩漬けの時ほど重くなくていいので、この中蓋だけで十分だ。

しっかり蓋をして半月ほど漬けないといけないのだが、収納スキルで時短だ時短!!　便利すぎるだろ、収納スキル。

リュネ干しとカーマクシオンを漬けている間に、先ほど取り分けておいた塩漬けの終わったリュネの実を、ハチミツに漬けてハチミツリュネを作っておく。塩漬けをして酸っぱくなったリュネとハチミツの甘さはきっとよく合うはずだ。

そしてもう一つ、リュネ酒やらリュネ干しにして残り僅(わず)かになったリュネの実は、ハチミツに漬けてハチミツリュネシロップに。

本当は氷砂糖でやりたかったのだが、氷砂糖は先ほどのリュネ酒で使い切ってしまったので今回はハチミツだ。

まぁ、氷砂糖でシロップを作ると、油断するとカビたり発酵したりするので、ハチミツで作る方が素人でも確実だ。

前世で梅とハチミツの相性はとても良かったので、リュネとハチミツの相性は悪くないはずだ。

さて、収納スキルさんに頑張ってもらっていた、リュネの実とカーマクシオンの入っている壺を収納から取り出して中を覗(のぞ)くと、いい感じにカーマクシオンの色が出て、リュネの実が綺麗な赤に染まっていた。

あとはこれを、三日間ほど天日干しをすれば完成だ。この工程ばかりは、スキルで時短する方法がないのでこのまま三日間放置だ。

スライム用の照明を使うのもありかなとか思ったけど、どっちみち夜露(よつゆ)にも晒さないといけないので、倉庫の横の軒先で三日間のんびりと干す事にした。

その後はすぐ食べる事もできるし、一年以上寝かせると更に梅干しらしい味になる。

想像しただけで口の中が酸っぱくなる。そしてそれを食べたアベルとラトの顔を想像すると、ちょっと悪い顔になってそうだ。

ばーちゃん直伝(じきでん)の塩分二割の梅干しならぬリュネ干しの完成までもう少し。

そして俺が、アベルとラトの顔を歪ませるまであと三日。

◆◆◆

リュネ干しの天日干しを始めてから三日目。

倉庫の横の軒下に干しているリュネ干しを、一つ一つ箸で摘んで裏返すという作業を鼻歌交じりにやっていた。

幸いこの三日間、天気はとても良かった。三日間天日と夜露に晒されたリュネ干しは、余計な水分が抜けて皺が目立つようになり、果肉部分も程よい柔らかさになっていた。そろそろ天日干しのターンも終了だ。

一緒に漬けていたカーマクシオンも天日干しして、こちらは水分が抜けてかなりカラカラになっている。このまま完全に乾かした後、小さく砕いて、ふりかけにしてしまおう。ごはんに混ぜておにぎりにすると美味しいんだよね。

リュネ干しはこの状態からあと半年から一年ほど寝かせると、塩味が馴染んで更に深い味わいとなる。

しかし今の状態でも食べられるので、ちょっとつまみ食いを……。

「……っ!!」

すっぱっ!!　めっちゃしょっぱっ!!　めっちゃ前世のばーちゃんの梅干しの味!!

さすが、リュネの重さの二割の塩をぶち込んだだけはある。

食べやすさとか、健康を考えると塩分はもう少し減らした方がいいのだが、俺は少ししょっぱいくらいの梅干しが好きだった。

料理とは、作る人が主導権を握っているのだ。

よって、うちのリュネ干しは酸味も塩気も強い、めちゃめちゃしょっぱいリュネ干しだ。

フハハハハハ、これを更に梅酢の中に戻して熟成させると、塩辛さは落ち着いて、酸っぱさが加速するのだ。

想像しただけでも、口の中が酸っぱくなる。

そして前世が日本人の俺は、このくそ酸っぱい食べ物を食べると、何か疲れが取れる気がする。前世で仕事が忙しい時はいつも、梅干し系の間食を口にしていたんだよなぁ。

今世でもやはり、この強い酸味と塩味で頭がすっきりする気がする。

久しぶりに食べる懐かしい味に感動していると、背後に生温(なまぬる)い吐息を感じて振り返った。

「ファッ!? ってシャモア……じゃなくてラトか」

振り返ると大きなシャモアの姿をしたラトが、俺の背後で鼻息を荒くして軒先に干してあるリュネ干しを見ていた。

「これはリュネの実をカーマクシオンの葉と一緒に塩漬けにした物だよ。まだ途中だけど、一応もう食べられるから味見するか?」

悪い笑みが漏れそうなのを必死に我慢してラトに尋ねた。

日本人にはとてもなじみの深い、強烈な酸っぱさだが、酸っぱい物に慣れていない者には少々刺激が強いかもしれない。梅酢に戻して寝かせる前だから、まだ発展途上の酸っぱさなので、俺的には少し手加減はしているつもりだ。

食べるか尋ねるとラトは首を縦に振って、口とカパリと開けたので、その口の中に梅干しを一粒放り込んだ。

パクリとラトが口を閉じて、もごもごとした直後、口の動きが止まって眉間にものすごく深い皺が寄った。その後、目を泳がせながら口はしっかり閉じたまま、ものすごくもごもごしていた。

「何やってるの？　俺に内緒でつまみ食いー？」

リュネ干しを食べてもごもごしているラトを観察していると、アベルも帰ってきてこちらにやって来た。

「ああ、リュネの実を塩漬けにした後、カーマクシオンと一緒に漬けて、天日干しにしたんだ」

「へえ、随分手の込んだ事するんだね」

「昔、本で読んだやり方をやってみたんだ」

いつものように誤魔化しておく。毎回同じ言い訳をしている気がするけれど、一番無難な回答なので仕方ない。

「リュネ干し？　赤くて綺麗だけど、鑑定したら食べ物にしてはものすごく強烈な、疲労回復効果が付いてるけど？」

「へ？」

アベルに指摘されて自分でも鑑定してみた。

ITEM

リュネ干し

レアリティ	品質
S	上

効果：体力回復B

備考：高い疲労回復効果と覚醒作用。精神的疲労にも効果がある。かなり酸味が強い。食べすぎ注意。

ええ？　体力回復効果Bってハイポーションみなんだけど!?

レアリティがアホみたいに高いのは、リュネの実自体のレアリティが高いのと、作り方が前世の知識のせいだろう。

リュネの実が元から持っている効果が高かったところに、カーマクシオンの体力回復効果が合わさって、こんな結果になったのかもしれない。

アベルから生温い視線を感じる。

俺は悪くない。リュネの実がすごかったんだ。なんなら幼女の加護の効果も乗っかっているのかもしれない。

「それで、かなり酸味強いって見えるけど食べられる範囲なの？」

「うん、俺は平気かなー」

前世で馴染みあるからな。

「うむ、確かにこれは疲れも取れるし、思考もすっきりしたな」

いつの間にか、ヒトの姿になったラトが話に入ってきた。リュネ干しの酸っぱさからは立ち直ったようで、シレっとした顔をしているが、すごく悪そうな顔にも見える。

「へぇ、ラトはもう食べたのか。俺も食べてみていい？」

「うん、中に大きな種があるから、先に種を抜いてから食べた方が食べやすいかも」

そういえばラトは種どうしたんだろう。ペッてしたのかな？　まさか飲み込んでいないよな？

「じゃあ、一つ頂くよ」

チラリとラトを見ると、穏やかな笑顔を浮かべているが、何だか黒い笑顔に見えて仕方ない。

多分俺も悪い顔している気がする。

「……っ！！！」

リュネの実を摘んで、種を取り除いて、果肉だけを口に放り込んだアベルの表情が、わかり易く歪んだ。

アベルの表情が思いっきり崩れるのを見るのは何年振りだろう。そう、その顔が見たかった。

アベルが口を押さえて、くるりと身を翻してこちらに背を向け、肩を震わせている。

元からちょっといたずらするつもりではあったけれど、アベルは自分から食べるって言ったんだもんな。俺は悪くない。

ラトの口には放り込んだけど、本人？　本鹿？　了承済みだったし、こっちも俺は悪くない。

ラトはシャモア姿だったから、表情が崩れるのは見る事ができなかったけれど、シャモアがもごもごしている顔は、なかなか面白かった。

いやー、イケメンの表情が崩れるのを見るのはいいね!!

なんて上機嫌になっていると、背中がぞくぞくするような怒気を感じた。

「グ〜ラ〜ン〜〜〜〜〜〜」

地を這うような声と共に、アベルがものすごい笑顔でこちらを振り返った。

あ、これやばいやつだ。

思わずあとずさりすると、隣にいたラトに肩を掴まれた。

「長く生きてきたが、あのようなリュネの実の食べ方は初めてだったよ」

ラトまでものすごい笑顔だ、これはまずいやつでは？

「鑑定通り、今日の疲れが消し飛んだよ」

やばい、この笑顔は確実にやばいやつ。

「これは私からもお礼をしたいところだな」

「いや、アレはラトが生らせた実だし？」

「俺も高い疲労回復効果の食べ物なんて、珍しい物を貰ったお礼がしたいな」

「ひぃっ！」

この後、アベルが持っていた口の中がめちゃくちゃパチパチする飴を、口の中に放り込まれ口の中がめちゃくちゃパチパチすることになった。前世でも似たようなお菓子あったけど、あれより強烈だった。

そしてその後、ラトが出してきたホホエミノダケとかいう、胞子を吸い込むと笑いが止まらなくなるキノコを回避しようとしたら、うっかり地面に落ちて胞子が撒き散らされる事となり、三人で笑い転げることになった。

こないだのバーミリオンファンガスといい、どうしてラトは奇妙なキノコを持っているんだ。ていうか、そんな物騒なキノコを出してくるな！

結局その後、夕食のためにやって来た幼女達に助けられるまで、三人で無意味にゲラゲラ笑い転げる事になった。


ホント幼女三姉妹様マジ女神様。

笑いすぎて腹の筋肉がピクピクする。脳筋系冒険者なので、結構鍛えていると思うのに、おそるべしホホエミノダケ。

魔導士なのであまり鍛えていないアベルは、ソファーでぐったりしている。ラトもぐったりしているが、この状況はラトの自爆テロみたいなものだから仕方ない。

「リュネ干し食べる？」

「いらないよ!! 体力回復効果はあっても、酸っぱすぎるよ！ あの酸っぱさ、もうちょっとどうにかならなかったの!?」

「あれがいいんじゃないか。あれを寝かせて熟成させると、塩味が落ち着いて更に酸っぱくなるよ」

「あれがいいとか、グランの食の守備範囲広すぎない!? ていうかアレ、まだ酸っぱくなるの!?」

予想はしていたけれどアベルには、リュネ干しはかなり不評だったようだ。

ラトの方を見れば、飼い主に不意打ちで爪を切られた猫のような、人間不信の表情をしていた。ごめんて。でもホホエミノダケはラトが出してきたやつだから、その後の騒動に関しては俺は悪くない。

「これ食べて機嫌直して？」

そう言って俺が差し出したのは、一粒ほど小皿に載せたハチミツリュネだ。

塩漬けが終わった後のリュネの実を、カーマクシオンではなく、ハチミツに漬けた物なので、ほんのり酸っぱさは残っているものの、ハチミツの甘さの方が強く甘酸っぱくて、リュネ干しよりはずっと食べやすい。

「これは酸っぱくないの？」

「うん、ハチミツに漬けてるから甘酸っぱいよ」

「やっぱり酸っぱいのか、ってこれも疲労回復効果あるね。リュネの実の効果なのか」

ITEM

ハチミツリュネ

レアリティ	品質
S	上

効果：体力回復D
備考：軽い疲労回復効果。精神的疲労にも効果がある。甘酸っぱくて喉に優しい。

リュネ干しほどではないが疲労回復効果があるらしい。ポーションにしなくても効果が強く出るなんて、リュネの実すごいな。

同じようにハチミツリュネを小皿に一粒載せた物を、ラトと三姉妹の前にも置いた。

「これはなんですの？」

「リュネの実を塩漬けした後に、ハチミツに漬けた物だよ」

「お外に干してあった赤いのとは違うのですかぁ？」

「うん、あっちはちょっと酸っぱいけど、こっちは甘酸っぱいんだ」

「ラト達みたいにならない？」

「ラトとアベルがぐったりしてるのは、ラトが持ってきたホホエミノダケの胞子が炸裂したからだよ」

ハチミツリュネに興味を示している幼女達の質問に答えつつ、じっとりとした視線を二つ感じた。

「ふあああ……不思議な味ですわぁ」

「甘酸っぱくて美味しい！」

「なんだか元気になる感じですぅ」

少しおっかなびっくりな感じで、ハチミツリュネを口に入れた幼女達の表情が、ぽわぁっと崩れて笑顔になった。

うんうん、ハチミツリュネは先日リュネの下ごしらえを手伝ってくれた、三姉妹のために作ったような物だからな。口に合ったようでよかった。

「これは酸っぱくはないのか？」

「酸っぱいけど甘いのですぅ」

「さっきのリュネ干しっていうのが強烈すぎたからね、警戒もしたくなるよ」

「りゅねほしという物はそんなに酸っぱいんですの？」

「あっちは甘い要素のもの入れないからね。素材の天然の甘みが少しあるとはいえ、塩辛さと酸っぱさの方が強い」

「へー、ラトもアベルもそれ食べないなら、私が貰ってあげるわよ。甘さと酸っぱさが程よくて、気に入っちゃった」

警戒心に満ち溢れているラトとアベルのハチミツリュネを、ヴェルが目を輝かせて狙っている。

「いいや、食べるぞ」

「俺も食べるよ」

まだ疑うような表情の二人だが、幼女達が気に入っているのを見て食べてみる気になったらしい。

そこまで警戒するほど、リュネ干しは強烈だったのか。

「ふぁっ!? 甘い! ほのかに酸味があるからハチミツの甘さが嫌みじゃない。どうして最初からこっちを出さなかったの!?」

そう言われても、リュネ干しを食べてみたいと言ったのはアベル自身じゃないか。

「うむ、これは癖になりそうだな。先ほどの赤い方は少々強烈だったが、こちらはかなりまろやかな酸っぱさだな」

アベルもラトも、ハチミツリュネの方はお気に召したようだ。

「それじゃあ、夕飯の支度してくるよ。今日はリュネを使った料理だから楽しみにしててくれ」

「え? すごく酸っぱかったりしない? 大丈夫?」

リュネを使った料理だと言えば、アベルの表情がわかり易く引き攣った。どんだけリュネ干しを警戒してるんだ。

「大丈夫、大丈夫、俺を信じなさーい」

ものすごいジト目で見られた気がするけれど気にしない。さぁ、夕飯の準備準備!!

今日の夕飯はリュネ干しトンカツだ。トンカツだけど少し変わり種だ。

グレートボアの肩ロースを薄くスライスした物に、レスレクシオンの葉っぱを広げて載せて、その上にリュネ干しの果肉を三分の一個分ほど添える。それを、くるくると丸めて軽く塩と胡椒を振り、パン粉の衣を付けて油で揚げる。

こんがりと揚がったらよく油を切って真ん中辺りで斜めに切って完成。切り口から、中に巻いてある食材の色が渦を巻いて見えてカラフルで綺麗だ。

手のひらより少し小さいサイズなので、幼女達でも二、三口で食べられるはずだ。

アベルもラトも揚げ物が好きなので、多めに作っておいた。これならリュネ干しが入っていても普通に食べられると思うんだ。

そして揚げ物が被るのだが、レスレクシオンの葉っぱと花穂を天ぷらにした。これは、リュネ酒のおつまみも兼ねている。

パンが合わない揚げ物ばかりなので、お米を炊いて、こちらはリュネ干しを干した時に一緒に干して、カラカラに乾燥させたカーマクシオンを砕いたふりかけを混ぜたおにぎりにした。

リュネおにぎりもやりたかったが、アレは天日干しを終えたリュネ干しをリュネ酢に戻して、しっかり寝かせて味に深みが出てからやりたい。

野菜が少ないので千切りキャベツ添えて、スープはお吸い物でいいか。

「え？　これさっきのめっちゃ酸っぱいやつ？　これなら全然イケる、っていうか酸っぱさがアクセントになっててちょうどいい」

ほくほくとしながらアベルが食べているのはリュネ干しトンカツだ。

そうだろうそうだろう。梅……いや、リュネ干しはそのままだとかなり酸っぱいが、何かと一緒にすると程よいアクセントになる。

「美味しい！　美味しい！　何この赤いの！」

「オコメという食べ物は素晴らしいですわね」

「私達の森にオコメがないのが残念ですぅ」

幼女達はカーマクシオンのふりかけのおにぎりがすっかり気に入ったようだ。

わかるぞ、幼女達は子供ではないかもしれないけれど、前世でも赤紫蘇（しそ）のふりかけ好きな子が多かったからな！

そしてラトは、黙々とレスレクシオンの葉っぱの天ぷらを食べている。

ラトは、気に入った物を食べる時は無言になるタイプだと最近気付いた。

あ、ちょっとそれ、俺も食べたいから全部はやめてくれ！

食後は、幼女達にはリュネの実をハチミツに漬けたリュネハチミツシロップとアップルビネガーを水で割って、例の魔法の粉こと重曹とレモン汁を入れてシュワシュワさせたものを、俺とアベルとラトはリュネ酒のロックで締めて、今日の夕食は終了。

陽も落ちて、幼女達が眠ってしまった後も、リュネ酒が気に入ったアベルとラトに付き合わされて、遅くまで飲み明かす事になった。


そして、その夜。

「うわあああああああああああああ!!」

ひどい夢を見て、夜中に飛び起きた。


すごく昔——前世の夢を見た。

ハァハァと肩で息をしながら、今は違う世界にいるという事を思い出す。

今の自分はグランという人間であり、前世の記憶はただの記憶として俺の中にあるだけで、俺の人格はこの世界で生を受けたグランのものだ。

いや、そうでなければならない。

そうでなければ、こんな魔物だらけ、いや人間すら襲ってくる事のある世界で、平然と生きる事ができるわけなんかない。

人……いや、動物すら殺す事がないような平和な世界に生きていた人間の人格のまま、命のやりとりのある生活なんてできるわけがない。


——俺は、グランだ。


人は忘れながら生きていく生き物である。

古い記憶、自分にとって不要な物は、時と共に記憶の中から薄れ、やがて思い出す事も無くなる。

時には、心の平静を守るため、つらい記憶も忘れてしまうこともある。

子供の頃の記憶なんて、成長と共にどんどん消えていくのは当たり前で、その子供時代より更に昔の前世の記憶なんて、覚えている者などいないだろう。

忘れるという事は、記憶から完全に消去されるわけでない。ただ単に思い出せなくなっているだけだ。

だからきっかけがあれば、すっかり忘れていたことを唐突に思い出す。

俺が前世の記憶を思い出したのも、些細（ささい）な事がきっかけだった。

教わった覚えのない事を何故か知っているという事が多かった子供時代、何故だかわからないが知っている。

どうして知っているのか、どこで知ったのか、子供の俺にはその理由がよくわからなかった。

記憶とは単体では存在しない、必ずそれに繋（つな）がりのある記憶が存在する。

子供ながらにどうして自分は、教わってもない事を、家族や近所の人が知らない事を知っているのか、どこで知ったのか、思い出そうとしたら、前世の記憶が頭の中に流れ込んできた。

そして、そのままぶっ倒れて、しばらく寝込むことになった。

五歳の時の話である。

目が覚めた時には、氾濫（はんらん）するように流れ込んできた前世の記憶は、かなり落ち着いていた。

もともと、同じくらいの年頃の子供に比べて落ち着きもあったし、物覚えもよかった。今思えばそれは、無意識のうちに前世の記憶からの影響が、僅かながらあったのだろう。

そのためか、周囲の同年代の子供らに比べて精神年齢が高かったのだと思う、子供の頃からはっきりと〝自分〟というものを持っていた事を憶（おぼ）えている。

五歳の体に、前世——記憶に残っているのは中年と言われる年齢くらいまでの記憶が流れ込んできたのだ。既にある程度の人格が形成された年だったが、記憶が流れ込んできた事は俺の人格に多少影響があったと思う。

それでも、たった五歳とはいえ、小さな田舎の村で大人を手伝いながら生活していた俺にとって、前世の平和な世界の記憶が蘇ろうとも、すでにこの世界の生活が当たり前のものとなった後だったので、記憶はただの記憶として俺の中に居座っただけだった。

前世の世界に比べて、今世の世界は〝死〟がすぐ傍にある。

生きるための糧として、他の生き物を狩るということを、すでに学んだ後で良かったと思う。

前世では動物すら殺した記憶がなかったが、今世の俺は五歳の頃にはすでに家族を手伝って、小動物や弱い魔物を狩ってそれを捌く事をしていた。

だから、生きるために命を奪うという行為に抵抗はなかったし、生き物を食べるために解体する作業も当たり前の事として受け入れていた。

そして、この世界は弱者には厳しい事もすでに知っていた。

前世と違って身分制度があり、自分達平民の命は身分の高い者に比べたら随分と軽い。そして、弱者から略奪をする者達もいる。

無意識下にうっすらと存在していたであろう前世の記憶の影響もあったのだろう、子供ながら死という物が身近にあることはすでに理解していた。

それは、平和な前世の記憶が流れ込んできたからといって、変わる事ではなかった。

その時の俺にとって前世の記憶は知識で、生きるためのアドバンテージでしかなかった。

前世の記憶と共に、自分の強さを見る事ができるようになり、自分は複数の〝ギフト〟と呼ばれる加護を持っている事を知る事ができた。

〝器用貧乏〟に〝クリエイトロード〟と〝エクスプローラー〟、どれもわかりやすいギフトだ。

最後の一つ〝転生開花〟、こいつが、俺が前世の記憶を思い出した原因だと思っている。

そもそも〝転生〟って冠しているしな。

アベルの鑑定ですらこの転生開花の詳細はわからないと言っていた。もちろん何度か聞かれた事はあるが、自分でもよくわからないとお茶を濁した。

ギフトは所持者のスキルに恩恵を与えるのが普通だ。〝器用貧乏〟ならほぼ全てのスキルの初期成長速度上昇。〝クリエイトロード〟なら生産系スキルの成長速度の上昇、〝エクスプローラー〟なら探索や管理系スキルの精度の上昇。そんな感じにスキルがギフトの恩恵を受ける。

しかし〝転生開花〟というギフト、何のスキルにも影響を与えない。

じゃあどんなギフトかだって？

思い出すんだよ、前世の記憶を。

五歳の時に前世の記憶を思い出したんじゃないかって？

思い出したよ、俺に前世があるってことを。教えられていない事を知っている理由、謎の既視感と知識、その原点が前世だってことを。

そしてその事に関係する、大雑把に前世の自分がどういう者だったかを思い出した。

まぁつまり、自分には前世があって、前世の自分がどういう世界にいて、どういう人間だったかというのを大雑把に思い出しただけだ。

最初に思い出したのはそれだけだった。

それだけだったが、前世の世界が今の世界とは違う文明を築き発達していた事も、住んでいた国の教育水準が高かった事も、思い出した記憶の中にあった。

そう、俺が前世を思い出したきっかけは〝どうして自分は教わってもない事を知っているのか〟その理由を思い出そうとした事だ。

だから〝転生開花〟のギフトの恩恵で思い出したのだと思っている。知らないはずの事を知っている理由が、前世の世界だという事を。

この〝転生開花〟というギフトのせいで、俺はどんな些細（ささい）な記憶でも前世の事なら思い出す事ができる。

忘れるという事は記憶から完全に消えるというわけでない、覚えていないだけだ。

つまり、前世の記憶なら少し見た事ある程度の事でも、このギフトの恩恵で思い出せる。

高度な教育システムと、情報社会の中で生きていた俺は、膨大な量の知識を忘れて生きてきていた。それをこのギフトは引っ張り出すことができる。

そう言うと便利に聞こえるだろ？

確かに便利には便利だが、このギフトそんな可愛いものじゃない。

記憶とは単体では存在しない。

記憶には前後の事情が存在する。つまり何かを思い出せば、それと同時にその思い出した記憶に関連する記憶も思い出してしまうのだ。

これがどういう事かわかるか？　不要なものまで思い出すんだよ。その中には思い出したくない記憶だってある。

つい便利だからと前世の記憶を引っ張り出してくる俺も悪いのだが、前世の記憶を引っ張り出した時に、嫌な思い出もついてくる時もある。

関係ある記憶がすぐに呼び起こされる時もあれば、今日みたいに遅れて夢に出てくる時もある。

前世の記憶を引っ張り出しすぎた後は、時々こうして思い出さなくていい事まで思い出してしまう時がある。トラウマレベルの記憶なんか思い出した日には、ゴリゴリと精神を削られる。

些細なことでも思い出せるという加護は、些細な事すら忘れさせてくれないという呪いだ。

そして前世の思い出を思い出しすぎると、ふとしたことで今の俺が、前世の俺に塗り替えられてしまうのではないかという感覚に陥る。

前世の記憶を知識として思い出しているうちはいい、感情を思い出してしまうと簡単に前世の俺に引っ張られそうになる。

前世の記憶を思い出したばかりの頃に比べれば、随分と前世の俺の性格に引っ張られてしまっているような気もする。

命のやり取りとは無縁だった前世の俺に偏りすぎてしまうと、魔物を殺す事すら躊躇(ちゅうちょ)する可能性がある。そうなるともう冒険者としては生きていけない。冒険者どころか、普通に暮らすのも厳しくなるかもしれない。前世と今世ではすべてにおいて、価値観が違いすぎる。

前世の思い出に呑まれて、今の俺が前世の俺に塗り替えられるわけにはいかない。

忘れる事ができないというのは、存外地獄である。

リックトータスの件以降、少し張り切って前世の記憶に頼りすぎたな。

特にリュネ干しを作って、前世の家族を思い出したのがまずかった。

リュネ干しを作っている時に前世の家族の事を思い出したからか、久しぶりに食べた梅干しに懐かしさを感じたからか、思い出さなくてもいい当時の苦い記憶が夢に出てきた。

前世の俺が、今の俺よりもう少し幼かった頃。

今世では家を出て冒険者として自立していた年の頃だが、前世では親の庇護(ひご)下、家庭の中で温(ぬる)く生きていた頃の記憶だ。

平和な世界だったな。

そして、平和すぎる世界でどうして俺はあんなことをしたのだろう。

ホント、ガキだったよなって思う。

思い出したくない昔の記憶は、俺の心を深く抉(えぐ)って精神を擦(す)り減らしていく。

「うわあああああああああああ……」

夢に出てきた前世の記憶を思い出して再び頭を抱えた。

どうして、あの頃の俺はかっこいい勇者に憧れていたんだ!!

いや勇者だけではない、アニメやゲームのかっこいいキャラクターにも憧れていた。

右手に黒い絵の具で〝龍〟を描いて包帯を巻いてみたり、別に怪我(けが)や病気ではないのに眼帯を付けてみたり。

海に沈んだっていう伝説の大陸とか、陰謀論(いんぼうろん)とか見てはワクワクしていたよな?

あ、そうそう、初めてやったネットゲームで可愛い女キャラのプレーヤーに入れ込んだら、中の人が男で初恋にグッバイしたとか。

「うわああああああああああん!!!」

しかも俺、ゲーム内でめっちゃ恥ずかしいセリフ、垂れ流しまくっていたよね!? あとやたら背中に翼の生えた装備好きだったよね?

黒いロングコートとか大好きだったわ。だってかっこいいと思ったんだもん。

　でも今なら――ないわー、絶対ないわー。いちいち必殺技の名前を叫びながら攻撃なんてしないし、ロングコートとか、ビラビラして苦手だわ。翼は……うん、なんか的として狙われやすそうだなぁ。

　前世の少年時代を思い出して、あまりの恥ずかしさに頭を抱えて悶絶した。

　ザ☆黒歴史

　どうして、そこ思い出しちゃったかなーーーーー!!

　厨二病だった頃の俺の思い出。このまま忘れておきたかった。

　生温い世界で、空想の物語に憧れていた子供の頃の記憶。

　あの感覚で〝こっち〟に来ていたらきっと無理だったな。〝ファンタジーの世界〟は、前世の子供の頃に憧れていたような、綺麗でかっこいい世界じゃない。

　生きるために他者の命を奪う事が身近な世界。食物連鎖を目の当たりにする日常。

　前世の感覚に戻ってしまえば、魔物といえど生き物を解体する光景など耐えられたものではないだろう。

　優しい世界での感覚も、その世界で勝手に憧れていた感覚も、忘れたままの方がいい。

　大人になってからも拗らせた厨二病の後遺症で、あれこれと小説や漫画を読んだり、ゲームにはまったり、その世界観の元ネタになる本や記事を読み漁ったりした事は、転生開花のギフトのおかげで、今の俺にとっては非常にプラスとなっている。

それはとてもありがたいんだ。その点は前世の自分にものすごく感謝している。

だが、同時についてくる前世の感情の記憶は、今世の俺を少しずつ前世の俺に寄せていく。今の俺にとってそれはデメリットである。

前世の少年時代を思い出して恥ずかしいと感じるのも、おそらく前世の俺の感情の記憶だ。

前世の記憶が戻って以来、その記憶に頼る事も少なくなかった、そのたびに前世の俺の感覚や感情を思い出し、それは少しずつ今世の俺の人格の中に居座っていった。

今世の価値観に沿った行動をしている時間が多ければ、今世の俺の感覚と価値観の方へ傾いていく。便利だからと前世の俺の知識ばかりを使いすぎれば、知識と一緒に前世の感覚も思い出して、前世の俺の感覚が俺の中で強くなる。

今のところ今世の俺と前世の俺は、バランスを崩す事もなく融合しているといった感じだ。このバランスを前世の俺に傾けすぎてはいけない。

――俺は、この世界に生まれたグランだ。

「グランうるさい!!　何時だと思ってんの!?　夜中に騒ぐのやめてよね!!」

バンッ!　と部屋の扉が開いてアベルが怒鳴り込んできた。

後ろには、目をしょぼしょぼさせているラトも見えた。

一人で静かに暮らしたいと思って田舎に引っ越してきたが、キルシェ達やラトと出会ったり、アベルが追っかけてきたり、幼女達が家に来るようになったりして、結局毎日が騒がしい。

だけれど、この今世の他人との繋がりが今の世界を俺に強く意識させ、前世の俺に引っ張られすぎないで済んでいるのだろう。

一人だったらもっと前世に傾いて、遠くない未来、完全に前世の俺になっていたかもしれないな。

あー、友達いてよかった。

ヘラリと笑えば、アベルの眉がピクリと跳ねた。

「夜中に大声出して起こしといて、何ニヤニヤしてるの!? 寝ぼけてるの!?」

この後めちゃくちゃ説教された。

前世の黒歴史は思い出すし、アベルには説教されるし、俺自身のためにも前世の知識に頼るのもほどほどに……だな。


本書は、カクヨム連載作品「転生したら器用貧乏な勇者だったけど、平和な世界のようなので辺境でスローライフ始めることにした」を改題、加筆修正したものです。

gran & gourmet 02

キャラクター紹介

名前	ラト（人間態）
職業	森の番人
年齢	不明
誕生日	不明
血液型	不明
身長	190cm
体重	75kg

グランの家の裏にあるアルテューマの森に棲む白いシャモア。
人間の言葉を理解し、人間に化けることも可能。
アベルの究理眼で正体を見破れないほどの力を持っている。
森の守護者である三姉妹の保護者で、実質森の主。
日々森を見回り、森に棲む者達からの貢ぎ物の対価に加護を与えている。
三姉妹につきまとう特殊性癖一角馬ユニコーンの相手が面倒くさくて仕方がない。
森の湖で餌付けされて以降、料理と酒に釣られ日々グラン宅に通い詰めている。

名前	ウル・ヴェル・クル	血液型	不明
職業	女神の末裔	身長	120cm
年齢	不明	体重	23kg
誕生日	不明		

Ur Ver Kul

アルテューマの森を守護する女神の末裔三姉妹。
三人とも見た目は幼女だが、実年齢は不明。

三女・クル(左)
三姉妹の中で最も瞳の色が薄い。のんびりとした口調のおっとり系だが、強か(したた)な一面がある。魔法や付与が得意。

長女・ウル(中央)
お嬢様口調で瞳の色が一番濃い。祝福や魔法が得意。

次女・ヴェル(右)
ウルに比べ瞳の色が少し薄い。他の二人に比べ祝福や植物を成長させる魔法は苦手だが、攻撃魔法は得意。気が強く元気だが、どこかポンコツ女神っぽさが滲み出ている。

あとがき

お久しぶりです、えりまし圭多です。

俗物勇者が田舎で好き勝手に物作りして飯を食う、自称スローライフ物語『グラン&グルメ』の二巻です！

お手に取っていただき、そしてあとがきまで読んでいただきありがとうございます！

相変わらずのスローになれないスローライフを楽しんでいただけたのなら幸いです。

真っ赤だった一巻と変わって今回は真っ青!!　今回もめちゃくちゃかっこいいイラストとデザインです!!

って、この先あとがきをほぼ書き終わったところで飲み物を取りに席を外した隙に、うち猫ちゃんがキーボードの上にころがってしまって保存前のファイルが閉じられていて真顔になりましたが、猫ちゃんなので許すしかないですね。

今回はガッツリとスライムの仕様の話が入っています。

取り込んだ物質で性質が変わるスライムの生態は、便利な生態すぎて当作で最もチートな存在ではないのかななどと思っています。困ったらスライムが何とかしてくれる!!

スライムという生き物が好きすぎて、ついついスライムの設定を作り込んでしまいました。

よろしければスライムの生態を考察してみてください。

また今回もＷｅｂ版から加筆と細かい変更点もちょこちょことあります。

Ｗｅｂ版では明かされていなかったモール達の住み処の話はいかがだったでしょうか？

人間の町より小さい町並みは可愛いに違いないと思いつつ書いていました。

可愛い見た目であざといしゃべり方だけれど、ちょっとおっかない罠を仕掛けたり、実はお金に意地汚かったり。

小さくて可愛いものに甘いグランは、知らず知らずのうちにぼったくられているかも。

Ｗｅｂ版からお読みになっている方は他の変更点にお気付きになっているかもしれませんね。

かっこいいですよね、リックトータス。イラストも名前も。

この名前は担当様が提案してくださいました。とてもかっこよくてお気に入りです。

自然を体に取り込んだ造形の巨大生物は、いかにもファンタジーという感じで大好物です。


そして今回も榊原瑞紀先生に美しいイラストを描いていただいています。

挿絵を見せていただいた時はキャラクターの表情、仕草がとても尊くて何度も何度も見入ってしまいました。

グランもアベルもラトも三姉妹も表情がとても豊かで、見ていると頬が緩んできます。

メインのキャラクターだけではなく、背景と背景の中にいる人々から世界の空気が感じられて引き込まれるような気分になります。

そんな素晴らしいイラストを描いてくださった榊原先生に心より感謝をいたします。


今回もまた、たくさんの方々にお世話になりました。

多くの至らぬ点をフォローしていただき、ありがとうございます。

この本に携わってくださった全ての方々に心より感謝を申し上げます。

そして何よりこの本を読んでくださった方、Ｗｅｂ版から読んでくださっている方、本当にありがとうございます。

応援してくださった方々のおかげで、書き続けることができております。

これからもどうぞよろしくお願いいたします。

えりまし圭多

グーランのグルメ
2
お買い上げ
ありがとうございます
MIZ

グラン&グルメ
～器用貧乏な転生勇者が始める辺境スローライフ～
2

2023年9月29日　初版発行

著　**えりまし圭多**
イラスト　**榊原瑞紀**

発行者　山下直久
編集　ホビー書籍編集部
編集長　藤田明子
担当　関川雄介
装丁　一関麻衣子

発行　株式会社KADOKAWA
〒102-8177　東京都千代田区富士見2-13-3
0570-002-301（ナビダイヤル）

印刷・製本　図書印刷株式会社

――お問い合わせ――
https://www.kadokawa.co.jp/（「お問い合わせ」へお進みください）
※内容によっては、お答えできない場合があります。
※サポートは日本国内のみとさせていただきます。※ Japanese text only

定価はカバーに表示してあります。
Printed in Japan　ISBN 978-4-04-737300-6 C0093